L. CHEVOJON

SOUVENIRS

POÉTIQUES

A MES AMIS

PARIS

IMPRIMERIE ÉMILE MARTINET

2, RUE MIGNON, 2

SOUVENIRS POÉTIQUES

L. CHEVOJON

SOUVENIRS POÉTIQUES

A MES AMIS

PARIS

IMPRIMERIE ÉMILE MARTINET

HOTEL MIGNON, RUE MIGNON, 2

M DCCC LXXIX

DÉDICACE

A MES AMIS

Je vous dédie, amis, mes souvenirs intimes.
De ces simples essais, de ces modestes rimes
      Serez-vous satisfaits?
Vous en pourrez juger, hélas! par leur faiblesse,
Sous un souffle indécis de première jeunesse,
      Plusieurs ont été faits.

Les autres, plus nombreux, sont de différents âges;
De ces sujets divers, comme pour les visages,
      Chacun a sa couleur.
Quel qu'en soit le cachet, je les mets tous ensemble,
Car ils ont été tous inspirés, il me semble,
      Par la foi, par le cœur.

Qu'ils vous plaisent d'abord, laissez-moi vous le dire,
J'en serai très charmé; mais surtout je désire
      Qu'ils vous fassent du bien.

Aimez-en mieux le Dieu que votre cœur adore,
Et que, pour nous aussi, nous nous aimions encore
      D'un amour plus chrétien !

Je vous avais promis, un jour, ces poésies,
Aujourd'hui je les livre à vos âmes choisies,
      Et je n'en puis douter,
Car, pour le plus grand nombre, elles vous sont connues,
Vous les avez déjà plusieurs fois entendues,
      Vous saurez les goûter.

Oui, vous saurez goûter ce que dans la nature
L'œil nous fait découvrir, lorsque notre âme est pure,
      De beauté, de grandeur ;
Vous goûterez surtout, dans une douce ivresse,
Ce qu'à nos cœurs aimants Dieu montre de tendresse
      Et promet de bonheur.

C'est ainsi qu'en ces vers j'ai chanté les montagnes
Avec leur majesté, l'Océan, les campagnes,
      Les vallons et les bois,
La lampe du saint lieu, la céleste patrie,
La puissance et l'amour de la Vierge Marie,
      L'Esprit Saint et la Croix.

SOUVENIRS POÉTIQUES

I

PROLOGUE

Je ne sais quel esprit me pénètre et m'enflamme,
Tout en moi se soulève, et mon cœur et mes sens ;
Dans cet élan soudain qui transporte mon âme
    A qui vais-je offrir mes accents ?

Dieu nous donne la voix pour chanter ses louanges,
De nos plus doux accords il faut lui faire honneur,
La lyre du poète et la lyre des anges
    Ne doivent leurs chants qu'au Seigneur.

Tes anges, ô mon Dieu, te sont toujours fidèles,
Ils ne chantent que toi dans leurs concerts sacrés,
A te louer comme eux je sens que tu m'appelles,
    Tous mes chants te sont consacrés.

Tu me montres partout ton amour, ta puissance,
Chaque être te révèle à mes yeux, à mon cœur :

Je te vois dans les flots de l'Océan immense,
   Dans le brin d'herbe, dans la fleur.

Je te vois dans le ciel, dans sa voûte étoilée,
Dans les sombres forêts, sur la cime des monts,
Dans le calme des nuits, quand la terre est voilée,
   Dans le soleil, dans ses rayons.

Mais tout te chante encore, ô Dieu, dans la nature,
Et la feuille des bois et la vague des mers,
Et l'oiseau qui gazouille et le vent qui murmure,
   Et les cités et les déserts.

J'entends, dès que le ciel sourit à la lumière,
Mille et mille clameurs s'unir comme une voix,
Et vers ton trône auguste, ainsi qu'une prière,
   Tous ces cris montent à la fois.

Quand les ombres du soir descendent sur le monde,
Comme au lever du jour, les cris montent encor ;
Si j'écoute la nuit, dans une paix profonde,
   Seigneur, j'entends le même accord.

A cet hymne sans fin, à ce concert suprême,
Je veux aussi, mon Dieu, me mêler chaque jour,
Pour te glorifier, je veux chanter moi-même
   Dans l'allégresse et dans l'amour.

Je veux te saluer comme l'unique maître,
Que nous devions servir, qui puisse nous charmer ;
Je veux par tous les cœurs te faire reconnaître,
    Je veux surtout te faire aimer.

Ainsi j'exalterai tes grandeurs infinies,
Ainsi je redirai ta bonté, ta douceur,
Tous les dons que sur nous versent tes mains bénies,
    Tout ce qui tombe de ton cœur.

Laisse-moi l'espérer, Dieu que mon cœur adore,
Tu voudras bien sourire à mes chants, à mes vœux,
Et tu me donneras de te chanter encore
    Un jour, près de toi, dans les cieux !

II

PREMIÈRE RÉVÉLATION

J'avais quinze ou seize ans, je crois,
Lorsque, sur mon âme saisie,
Un doux souffle de poésie
Passa, pour la première fois.

C'était en mai. Partout les roses
Embaumaient l'air, et les oiseaux,
Se disant entre eux mille choses,
Faisaient leurs nids dans les rameaux.
Les prés n'étaient plus qu'un parterre,
Les bois étaient retentissants;
De ces parfums et de ces chants
Je voulus sonder le mystère.

J'avais quinze ou seize ans, je crois,
Lorsque, sur mon âme saisie,

Un doux souffle de poésie
Passa, pour la première fois.

Qui donne à la fleur sa parure?
Qui donne à l'oiseau ses chansons?
Qui donne au ruisseau son murmure?
Qui donne aux plaines leurs moissons?
Qui flétrit tout et qui féconde?
Qui fait la brise et les autans,
Le triste hiver, le gai printemps?
Quel est le vrai maître du monde?

J'avais quinze ou seize ans, je crois,
Lorsque, sur mon âme saisie,
Un doux souffle de poésie
Passa, pour la première fois.

N'est-ce pas toi, Dieu que j'adore,
Toi qui vis par delà les cieux,
Et qui, chaque jour, à l'aurore,
Nous rends le soleil radieux?
Du firmament la voûte immense,
Ce grand et superbe univers;
Les hauts rochers, les vastes mers,
Ne sont qu'un jeu de ta puissance.

J'avais quinze ou seize ans, je crois,
Lorsque, sur mon âme saisie,
Un doux souffle de poésie
Passa, pour la première fois.

O Dieu, d'où venons-nous nous-mêmes?
C'est encor toi qui nous as faits;
Tu veilles sur nous, tu nous aimes,
Tu nous combles de tes bienfaits.
Que toutes tes œuvres sont belles!
Je les contemple avec bonheur.
Mais toi-même, qu'es-tu, Seigneur,
Dans tes demeures éternelles?

J'avais quinze ou seize ans, je crois,
Lorsque, sur mon âme saisie,
Un doux souffle de poésie
Passa, pour la première fois.

Si tous les êtres que j'admire
Ont tant de charme et de douceur,
Qu'est ton regard, qu'est ton sourire,
Qu'est la tendresse de ton cœur?
Quand les dons de ta main bénie
Ont tant d'éclat, tant de beauté,
Grand Dieu! quelle est ta majesté,
Au sein de la gloire infinie?

J'avais quinze ou seize ans, je crois,
Lorsque, sur mon âme saisie,
Un doux souffle de poésie
Passa, pour la première fois.

Ici, ce n'est que ton image,
Et déjà je me trouve heureux ;
Je t'adore et te rends hommage
De ce que tu mets sous mes yeux.
Mais je veux plus, ô Dieu que j'aime,
Car c'est pour toi que tu m'as fait ;
Mon bonheur ne sera complet
Que quand je te verrai toi-même !

J'avais quinze ou seize ans, je crois,
Lorsque, sur mon âme saisie,
Un doux souffle de poésie
Passa, pour la première fois.

Fleurs, étalez votre parure,
Jetez vos parfums dans les airs !
Joyeux oiseaux, dans la verdure,
Chantez, redoublez vos concerts !
Soleil, illumine la terre
De tes rayons resplendissants !
Dieu m'a parlé, je vois, je sens :
Il n'est plus pour moi de mystère.

J'avais quinze ou seize ans, je crois,
Lorsque, sur mon âme saisie,
Un doux souffle de poésie
Passa, pour la première fois.

LE PRINTEMPS DE LA VIE

Aux premiers feux du jour, sous un ciel radieux,
Quand tout se réveillait au sein de la nature,
Quand l'oiseau matinal, sous son toit de verdure,
    Jetait ses chants harmonieux,
J'allais, comme un enfant, à travers la prairie,
Et, les yeux éblouis de leurs vives couleurs,
Dans mes cheveux souvent j'entrelaçais des fleurs :
    J'étais au printemps de la vie !

Si parfois inspiré par un rêve charmant,
J'essayais de chanter dans mon jeune délire,
Il me semblait entendre, aux accents de ma lyre,
    L'écho répondre doucement.
Tous mes jours s'écoulaient sans regrets, sans envie,
Et dans mon cœur, que Dieu gardait tranquille et pur,

Du plus beau ciel alors se réflétait l'azur :
　　J'étais au printemps de la vie !

Le passager joyeux ne pense plus au port,
Quand le soleil au loin sur la vague étincelle,
Et le pêcheur, gaiement bercé dans sa nacelle,
　　Se plaît à voguer loin du bord.
Sous le regard de Dieu, l'âme heureuse, ravie,
Ainsi je jouissais en paix de mes beaux jours,
Croyant que rien jamais n'en troublerait le cours :
　　J'étais au printemps de la vie !

Mais vous fuyez soudain, doux songes de bonheur !
Vous m'échappez déjà, trésors de mon enfance !
Délicieux élans d'amour et d'innocence,
　　Vous ne charmerez plus mon cœur !
Entre mes mains, hélas ! la rose s'est flétrie ;
De mon front soucieux je vois tomber les fleurs.
Voici venir les jours de la lutte et des pleurs :
　　Adieu ! beau printemps de la vie !

Faut-il, Seigneur, devant ce nouvel avenir,
Devant ces horizons tout chargés de nuages,
Au moment d'affronter la foudre et les orages,
　　Faut-il pleurer ? faut-il gémir ?

Non ; car un jour, au sein de ta gloire infinie,
Dans des plaisirs sacrés, toujours plus enivrants,
Tu me rendras, toi-même, un éternel printemps
Pour prix des combats de la vie !

IV

PAUVRE FLEUR

Fleur à peine entr'ouverte aux brises du printemps,
Tu t'inclines déjà, languissante, flétrie !...
Ah ! pourquoi donc si tôt attrister la prairie,
Et laisser se faner tant de boutons naissants ?

Ton suave parfum, embaumant l'atmosphère,
S'élevait jusqu'au ciel au souffle du zéphyr :
Ainsi que le bonheur, ainsi que le plaisir,
Ton éclat, tendre fleur, est-il donc éphémère ?

Hier, l'abeille encor, qu'attiraient tes odeurs,
Puisait un doux nectar en ton brillant calice ;
Hier le papillon, dans son léger caprice,
A tes vives couleurs comparait ses couleurs.

Et voilà qu'aujourd'hui, sur ta tige mourante,
L'abeille ne vient plus se poser un instant ;

Et plus de papillon, dans son vol inconstant,
Ne revient t'effleurer de son aile brillante !

Sous des rayons si doux, fraîche fleur du vallon,
N'effeuille pas encor ta splendide couronne !
Attends les noirs frimas, attends au moins l'automne ;
Quand le soleil pâlit, quand souffle l'aquilon !

Mais non, la mort partout moissonne avec envie ;
Rien ne peut t'arracher aux rigueurs de sa main.
Tout, pour toi, pauvre fleur, sera fini demain ;
Un jour aura suffi pour mesurer ta vie !

Devant ce dur destin, mon âme, avec douleur,
De tristes souvenirs tout à coup se rappelle,
Et je me dis, le cœur à mes regrets fidèle :
Notre sort est semblable à celui de la fleur.

V

PRINTEMPS NOUVEAU

L'hiver fuit, plus de froids.
On jouit, on respire ;
Tout commence à sourire
Dans les prés, dans les bois.

Au val, au champ, la terre,
Germant de toutes parts,
Se montre à nos regards
Comme un brillant parterre.

Pour chanter le retour
De l'ombre et du feuillage,
L'oiseau, dans le bocage,
Gazouille tout le jour.

Sa voix, joyeuse et pure,
Se mêle, dans les airs,

Au zéphyr qui murmure
Parmi les buissons verts.

Le ciel devient plus beau
Et les fleurs sont écloses...
Salut! printemps nouveau,
Jours au parfum de roses!

Au bout de l'horizon,
Quand le soleil se lève,
Assis sur le gazon,
Je le contemple et rêve.

Je rêve à mon printemps,
Aux jours de mon enfance,
Bel âge d'innocence
Enfui depuis longtemps!

Toutes les fleurs nouvelles,
Véritables rubis,
A mes yeux éblouis
Apparaissent plus belles,

Et leurs riches couleurs
Sont plus vives encore,
Alors que naît l'aurore
Du mois charmant des fleurs...

Fleurs, je vous porte envie !
Mais, regrets superflus,
Le printemps de la vie,
Passé, ne revient plus !

VI

MA MÈRE

Ma mère est si belle,
Si belle à mes yeux,
Que je ne vois qu'elle,
Qu'elle sous les cieux !

Son front pur respire
La paix, la douceur,
Et dans son sourire
Je vois tout son cœur !

Ma mère est si belle,
Si belle à mes yeux,
Que je ne vois qu'elle,
Qu'elle sous les cieux !

Je sais comme elle aime,
Et veux, en retour,

La chérir moi-même
Du plus tendre amour.

Ma mère est si belle,
Si belle à mes yeux,
Que je ne vois qu'elle,
Qu'elle sous les cieux!

Pour moi, dès l'aurore,
Elle est à genoux,
Et j'ai d'elle encore
Des baisers si doux!

Ma mère est si belle,
Si belle à mes yeux,
Que je ne vois qu'elle,
Qu'elle sous les cieux!

Mon âme n'envie
Ni l'argent, ni l'or,
Ma mère est ma vie,
Mon bien, mon trésor.

Ma mère est si belle,
Si belle à mes yeux,
Que je ne vois qu'elle,
Qu'elle sous les cieux!

Je veux auprès d'elle
Passer tous mes jours,
Lui rester fidèle,
La charmer toujours.

Ma mère est si belle,
Si belle à mes yeux,
Que je ne vois qu'elle,
Qu'elle sous les cieux!

O Dieu! sur ma mère
Verse tes bienfaits,
Donne-lui, sur terre,
Le bonheur, la paix!

Ma mère est si belle,
Si belle à mes yeux,
Que je ne vois qu'elle,
Qu'elle sous les cieux!

Qu'après cette vie,
A ton doux appel,
Son âme ravie
Monte droit au ciel!

Ma mère est si belle,
Si belle à mes yeux,
Que je ne vois qu'elle,
Qu'elle sous les cieux !

PREMIERS PLEURS

Maurice, aimable enfant, au front pur et vermeil,
    Joli comme ces petits anges
Que Dieu mit dans le ciel pour chanter ses louanges,
    Tu goûtes un bien long sommeil !

    Ne sens-tu pas qu'avec ivresse
Depuis longtemps ta mère, auprès de ton berceau,
    Couvre ton visage si beau
    Des doux baisers de sa tendresse ?

    Oh ! laisse un instant à ses yeux
    S'entr'ouvrir ta paupière close.
Laisse-lui voir, enfant, sur ta bouche de rose,
    Quelques sourires gracieux !

D'assez de rêves d'or ta jeunesse est bercée ;
D'un aussi long repos il faut enfin sortir...

Mais de ta poitrine oppressée,
J'entends soudain des cris partir !...

Tu pleures, doux enfant ! et pourquoi donc gémir
  Au matin même de ton âge ?
  Aurais-tu déjà vu l'orage
  Se préparer dans l'avenir ?

  Aurais-tu déjà vu l'Envie
  Poser sur toi ses bras sanglants ?
  L'Injustice et ses traits poignants,
  Et ceux de l'Amitié trahie ?

  Ah ! dans ce monde où tu parais,
  L'homme souvent soupire et pleure,
  Et près de lui, dans sa demeure,
Habitent rarement le bonheur et la paix !

Le cœur souffre parfois d'une façon cruelle,
On rencontre l'ennui jusqu'au sein des plaisirs ;
Rien ne peut pleinement contenter nos désirs,
Et chaque jour apporte une épreuve nouvelle.

Toutefois, cher enfant, mets un terme à tes cris ;
  En naissant, souris à la terre :
Car Dieu t'a préparé, dans le cœur de ta mère,
Contre tous les chagrins le plus doux des abris.

LE PAPILLON

Enfant, vois-tu ce papillon
Qui tour à tour, dans ses caprices,
Va puiser à tous les calices
Des plus belles fleurs du vallon?

Sur le lis ou la rose,
Dans son vol inconstant,
Il s'arrête, il se pose,
Mais ce n'est qu'un instant.

Aux rayons du soleil, dans les champs de l'espace,
Il aime à se bercer,
Et si haut quelquefois on le voit s'élancer
Que du regard à peine on peut suivre sa trace.

D'un vol aussi rapide il descend les coteaux,
Et, près des clairs ruisseaux,

3

Effleurant le rivage,
Il semble avec amour contempler son image
Dans le cristal des eaux ;

Puis, secouant ses ailes
Au souffle du zéphyr,
Comme un brillant saphir,
Vers des plages nouvelles
On le voit repartir.

S'envoler dès l'aurore,
Le soir voler encore ;
Aller de fleurs en fleurs,
Séduit par leurs couleurs,
Au gré de son envie
Savourer leurs odeurs,
Telle est toute sa vie.

De nos vagues désirs,
Enfant, c'est là l'image.
De plaisirs en plaisirs
Ainsi l'homme volage
Promène ses loisirs.'

Trop heureux serions-nous, s'ils pouvaient, par leurs charmes
Remplir les désirs de nos cœurs !
Mais, hélas ! leurs appâts trompeurs,
Tu le sauras trop tôt, sont mouillés de nos larmes !

BAGNÈRES

Aux bords tapissés de verdure,
Où les flots légers de l'Adour
Se brisent avec doux murmure,
Je puis me reposer un jour.
Assis sur la rive fleurie
De ce torrent capricieux,
Ivre de bonheur, je m'écrie :
Beaux lieux, salut! salut, beaux lieux!

Aux fiers sommets des Pyrénées,
Qu'on voit dans les airs se dresser,
De neiges toujours couronnées,
Je puis librement m'élancer...
Debout sur la crête flétrie,
Dominant les monts sourcilleux,

Ivre de bonheur, je m'écrie :
Beaux lieux, salut ! salut, beaux lieux !

Oh ! j'aime ces géants énormes,
Dessinant aux feux d'un jour pur
Leurs vastes corps aux mille formes
Dans le firmament bleu d'azur !
Mon âme est émue, attendrie
A ce spectacle radieux ;
Ivre de bonheur, je m'écrie :
Beaux lieux, salut ! salut, beaux lieux !

Mais quand d'un éclat solitaire
La lune, au regard virginal,
De la nuit perçant le mystère,
Vient dorer leur front colossal,
Souvent je m'exile et je prie
Dans ce désert silencieux ;
Ivre de bonheur, je m'écrie :
Beaux lieux, salut ! salut, beaux lieux !

Parfois à la chèvre sauvage
Je dispute un étroit rocher ;
La cime noircie à l'orage
Près d'elle me voit approcher.

Dans cette nouvelle patrie,
Loin du monde et plus près des cieux,
Ivre de bonheur, je m'écrie :
Beaux lieux, salut ! salut, beaux lieux !

La cascade, à mes pieds brisée,
M'apporte sa douce fraîcheur,
Et des perles de sa rosée
Vient humecter mon front rêveur.
J'entends les torrents en furie
Rouler leurs flots impétueux ;
Ivre de bonheur, je m'écrie :
Beaux lieux, salut ! salut, beaux lieux !

O Dieu ! dans leur magnificence,
Les montagnes comme les mers
Ne sont qu'un jeu de ta puissance ;
D'un mot tu créas l'univers.
J'adore ta gloire infinie,
Qui partout éblouit mes yeux ;
Ivre de bonheur, je m'écrie :
Beaux lieux, salut ! salut, beaux lieux !

X

LA MAISON TORNÉ

(AUX EAUX)

On est très bien le jour à la maison Torné ;
Mais qu'on y dorme en paix, j'en serais étonné.
Pour moi, la nuit ici me devient un martyre,
Et, sans fermer les yeux, je la passe à maudire.
A peine est-il une heure, une heure du matin,
Que dans ce casino le concert va son train.
Ce sont deux coqs d'abord, un ténor, une basse,
Qui donnent le signal, et c'est fait, plus de grâce ;
De minute en minute, et toujours crescendo,
L'oreille n'entend plus que leur cocorico.
Ce n'est là qu'un début : voilà bien autre chose ;
De nos deux coqs criards, jaloux, je le suppose,
Douze ou quinze pigeons, qui s'aiment tendrement,
Se jettent l'un à l'autre un doux roucoulement.
Cela peut les charmer ; mais moi qui n'ai personne
Avec qui deviser, je trouve monotone,

Ennuyeux, agaçant, ce qui, pour les pigeons,
N'est à cette heure-là qu'amoureuses chansons.
J'aimerais mieux dormir et croire dans mes rêves
Monter sur la montagne ou courir sur les grèves.
Mais une poule encore, appelant son poussin,
Au tapage nocturne ajoute un vrai tocsin.
C'est à devenir fou, c'est à perdre la tête !
Je bondis dans mon lit, je rage, je tempête.
Et ce n'est pas assez. Pour complément, deux chats,
Ainsi que dans Boileau, se donnent leurs ébats :
L'un miaule en grondant comme un tigre en furie,
L'autre roule sa voix comme un enfant qui crie.
Que faire alors, grand Dieu ! J'espérais que peut-être,
En barricadant mieux mes volets, ma fenêtre,
J'étoufferais le bruit. Mais un nouveau supplice
Vient se joindre au premier. Au mollet, à la cuisse,
Au bras, à l'estomac, je suis piqué, mordu,
Et mes draps sont en sang. Je me lève éperdu,
Furieux, et tout prêt à chercher dans la ville,
Pour y passer la nuit, un gîte plus tranquille.
Mais un quart d'heure après, quand je suis habillé,
Lorsque j'ai fait ma barbe, et lorsque j'ai prié,
Je me souviens soudain des charmes de la veille,
Du maître du logis, et dans mon cœur s'éveille
Un autre sentiment, tout frais, tout parfumé.
Ici, l'on est à l'aise, et l'on se sent aimé.
Qu'est-ce qu'un cri de coq, de pigeon ou de poule,

Qu'est-ce un chat, un insecte, un peu de sang qui coule,
Devant un bon visage, un sourire d'ami ?
Et qu'importe, après tout, que l'on n'ait pas dormi,
Quand le soleil se lève, et qu'on sait à l'avance
Que, durant tout le cours du beau jour qui commence,
Rien ne viendra ternir le ciel à l'horizon,
Que la joie et la paix seront dans la maison ?

INNOCENCE

Avez-vous jamais vu, rayonnant d'innocence,
Un ange en un berceau doucement endormi,
Et dont la lèvre rose, entr'ouverte à demi,
    Semblait sourire à des rêves d'enfance?

Un soir—j'en veux toujours garder le souvenir
Du bois silencieux traversant le mystère,
    Vers ma demeure solitaire
    Je me hâtais de revenir.

La cloche du hameau, lentement ébranlée,
    Tintait la prière du soir,
Et près de son troupeau le pâtre allait s'asseoir
    Sous les ormes de la vallée.

Que les cieux étaient beaux aux feux mourants du jour,
Que les airs étaient purs, la brise parfumée !

Mon âme éblouie, embaumée,
S'élevait jusqu'à Dieu dans l'extase et l'amour.

Mais que vois-je à mes pieds? fleur fraîchement éclose
Aux premiers rayons du matin,
Un enfant au bord du chemin
Sur un lit de mousse repose.

Berceau délicieux! sous ces rameaux tremblants,
O tendre et bel amour, quel charme t'environne!
Que j'aime sur ton front te voir, comme en couronne,
Arrondir tes jolis bras blancs!

Avez-vous jamais vu, rayonnant d'innocence,
Un ange en un berceau doucement endormi,
Et dont la lèvre rose, entr'ouverte à demi,
Semblait sourire à des rêves d'enfance?

Durant ce paisible sommeil,
Le vent léger du soir, de son haleine pure,
Soulevait en passant sa blonde chevelure
Sur son beau visage vermeil.
L'aubépine inclinait ses fleurs et son ombrage,
Et l'oiseau, comme exprès, suspendait son ramage
De peur d'avancer son réveil.

Oh! dors, enfant béni! pour toi tout fait silence,
Tout est repos, fraîcheur, parfums délicieux;

Dors dans ces buissons verts que la brise balance
   De son souffle capricieux !
Dors longtemps ! dors en paix ! qu'un rire gracieux,
Dans des rêves charmants, se pose sur ta bouche !
Dors comme dort l'oiseau qui dort près de ta couche ;
   Dors comme on doit dormir aux cieux !

Avez-vous jamais vu, rayonnant d'innocence,
Un ange en un berceau doucement endormi,
Et dont la lèvre rose, entr'ouverte à demi,
   Semblait sourire à des rêves d'enfance ?

Quel visage jamais fut plus pur et plus doux ?
   Avait-il un front plus aimable,
Plus de charme et d'attrait, cet enfant adorable
Que la Vierge autrefois berçait sur ses genoux ?

Enfant, pour toi le ciel est encor sans nuage ;
Tu ne sais pas encor ce que sont nos douleurs...
Ah ! puisses-tu jamais ne connaître l'orage
Qui se lève si vite après le mois des fleurs !

Que Dieu veille sur toi ! la vie est moins amère
A qui Dieu se révèle, à qui regarde aux cieux...
Mais on vient près de toi ; je devine ta mère ;
   Adieu, bel enfant, sois heureux !

Avez-vous jamais vu, rayonnant d'innocence,
Un ange en un berceau doucement endormi,
Et dont la lèvre rose, entr'ouverte à demi,
  Semblait sourire à des rêves d'enfance ?

VOCATION

J'ai vu s'ouvrir le sanctuaire
De l'innocence et du bonheur,
Et, porté dans les bras d'un pére,
Je vais y reposer mon cœur.

Salut, douce et sainte retraite
Où le ciel verse ses bienfaits,
Port à l'abri de la tempête,
Aimable asile de la paix !

J'entendais à ses jeux frivoles
Le monde déjà m'appeler ;
Mais à ses trompeuses paroles
J'ai senti mon cœur se troubler.

Dans le calme, dans le silence,
Une autre voix me dit un jour :

Confie à Dieu ton innocence,
A lui donne-toi sans retour !

De cette voix l'accent céleste
Doucement pénétra mon cœur,
Et, quittant soudain tout le reste,
Je vins me donner au Seigneur.

Mon Dieu, toi seul est mon partage :
Car toi seul peux me rendre heureux.
Seul tu seras mon héritage,
Mon bien, mon trésor dans les cieux !

Ah ! qu'ici ton joug est aimable !
Qu'il m'est doux d'entendre ta voix !
Aucun plaisir n'est comparable
Au plaisir de suivre tes lois.

Heureux l'enfant pur et fidèle
Qui demeure ainsi sous tes yeux,
Qui de ta bonté paternelle
Reçoit tant de dons précieux !

Caché dans ce pieux mystère,
Il croît à ton ombre, Seigneur,
Comme en un vallon solitaire
Croît un lis brillant de blancheur.

Sur son cœur, jour et nuit tu veilles ;
Tu le soutiens dans ses combats ;
Tu l'endors et tu le réveilles,
Tu comptes chacun de ses pas !

Que tu me plais, aimable asile,
Dont rien ne vient troubler la paix ;
Un jour ici vaut mieux que mille
Sous l'or des plus riches palais !

Seigneur, dans ce doux sanctuaire
De l'innocence et du bonheur,
Longtemps garde-moi, comme un père,
Dans tes bras divins, sur ton cœur !

BETHLÉEM

Jésus enfant, par une nuit obscure
Du haut des cieux tu descends parmi nous !
Qu'autour de toi cette nuit soit plus pure,
Jésus enfant, que le vent soit plus doux !

Jésus enfant, tu nais dans le silence,
Loin des cités et sous un toit désert ;
Mais le ciel s'ouvre, annonçant ta naissance.
Jésus enfant, par un divin concert.

Jésus enfant, j'entends les chœurs des anges
Mêler leur voix aux sons des harpes d'or :
Près de ta crèche, en chantant tes louanges,
Jésus enfant, ils ont pris leur essor.

Jésus enfant, à l'heureuse nouvelle
Que cette nuit vient de naître un sauveur,

De saints bergers une troupe fidèle,
Jésus enfant, accourt avec bonheur.

Jésus enfant, couché dans cette étable,
Je viens comme eux t'adorer avec foi :
Si je ne puis baiser ton front aimable,
Jésus enfant, oh ! du moins souris-moi !

Jésus enfant, de ta bouche de rose
J'entends sortir un soupir enfantin.
Qu'un sommeil pur sur ta paupière close,
Jésus enfant, règne jusqu'au matin !

Jésus enfant, l'aspect de ta misère
Sur ton berceau me fait verser des pleurs :
Car c'est pour moi que tu viens sur la terre,
Jésus enfant, que tu sens ces douleurs !

Jésus enfant, de mon âme ravie
En ce moment bénis le seul désir :
Dans ton amour je veux passer ma vie,
Jésus enfant, pour toi je veux mourir !

XIV

FLEURS DES MARTYRS

Salvete, flores martyrum!
Salut, fleurs des martyrs !

(*Hymne des saints Innocents.*)

L'usurpateur impie a frémi sur son trône :
Il lui semble déjà, dans ses rêves d'effroi,
De ses mains voir tomber son sceptre, et sa couronne
    Passer au front du nouveau roi.
« Quoi ! s'est-il écrié, dans sa frayeur extrême,
Maître de mes États, ceint de mon diadème,
Dans mon propre palais, un jour, au premier rang,
Cet enfant régnerait ! Non, non, fallût-il même,
Pour le perdre au berceau, verser des flots de sang!»
Et l'enfer qui l'inspire a tressailli de joie
    A ce cri de lâche terreur.
Allons ! pour consommer cette scène d'horreur,
    Il faut apporter une proie
    Aux dents de ce tigre en fureur.

Le voyez-vous? Par ses mains sanguinaires
    Que d'enfants passent tour à tour;
Enfants infortunés, qui n'ont eu de leurs mères
    Que des caresses éphémères,
    Que des embrassements d'un jour!

Salut, jeunes martyrs! beaux anges d'innocence,
Qui tombez, tout parés des grâces de l'enfance
    Sous le fer cruel du tyran!
Salut, fleurs des martyrs! fraîche moisson de roses,
Sous un ciel si serein hier à peine écloses,
    Qu'emporte aujourd'hui l'ouragan!

    Tendres victimes, immolées
    Près du berceau du Rédempteur;
    Blanches colombes, envolées
    Des mains du sacrificateur;
    Quand vos mères inconsolables
    Versent des pleurs intarissables
    Sur leurs enfants qui ne sont plus;
    Vous jouez, joyeuses phalanges,
    Avec la couronne des anges,
    Avec la palme des élus!

    Troupe heureuse, sitôt ravie
Que vous n'avez point su ce que c'est que souffrir,
    A votre sort je porte envie!

Enfant de quelques jours, sur le seuil de la vie,
   Oui, comme vous, j'aurais voulu mourir !

Salut, jeunes martyrs ! beaux anges d'innocence,
Qui tombez, tout parés des grâces de l'enfance,
   Sous le fer cruel du tyran !
Salut, fleurs des martyrs ! fraîche moisson de roses,
Sous un ciel si serein hier à peine écloses,
   Qu'emporte aujourd'hui l'ouragan !

   C'est en vain, ô prince barbare,
   Que tu poursuis ton noir dessein ;
   En vain que ta fureur prépare
   La mort à cet enfant divin :
   Le ciel même a pris sa défense,
   Et la main de la Providence
   Le tient à l'abri de tes coups.
   Je le vois, il respire encore,
   Et sa mère avec paix l'adore
   En le berçant sur ses genoux.

   Dignes ministres de ta rage,
   Que partout tes lâches soldats
Fassent couler le sang des enfants de son âge,
   Il doit échapper au carnage ;
   Ton glaive ne l'atteindra pas !

Salut, jeunes martyrs, beaux anges d'innocence,
Qui tombez, tout parés des grâces de l'enfance,
        Sous le fer cruel du tyran !
Salut, fleurs des martyrs ! fraîche moisson de roses,
Sous un ciel si serein hier à peine écloses,
        Qu'emporte aujourd'hui l'ouragan !

        . . . .

Dans l'ombre de la nuit, sur la route isolée,
D'un nuage argenté quand la lune voilée
        Éclairait à demi,
La Vierge et son époux, sous la garde des anges
Désertaient leur patrie, emportant dans ses langes
        Un enfant endormi.

C'est ainsi qu'autrefois, déposé par sa mère
Dans un berceau flottant, sur la rive étrangère,
        Au milieu des roseaux,
Moïse, en qui Jésus se montrait à l'avance,
Ne connut point la loi qui condamnait l'enfance,
        Et fut sauvé des eaux.

XV

LE NOM BÉNI

Il est un nom béni de la terre et du ciel,
Que ma lèvre et mon cœur voudraient toujours redire,
Nom plus doux au palais que le rayon de miel,
Nom plus harmonieux que la harpe et la lyre.

Instruit par les leçons de l'amour maternel,
L'enfant le balbutie à son premier sourire,
Et près d'aller jouir du repos éternel,
C'est en le répétant que le vieillard expire.

Qand je me sens fléchir sous le poids des douleurs,
Je l'invoque d'abord, et mon âme oppressée
Se relève aussitôt à sa fraîche rosée.

Il endort la souffrance, il arrête les pleurs,
Il nous montre de loin la céleste patrie
Où nous devons entrer au saint nom de Marie.

4

XVI

REINE DES CIEUX

Reine des cieux, ô vierge immaculée,
Que tous les cœurs acclament à la fois ;
Fleur des vertus, ô lis de la vallée,
A te chanter je consacre ma voix.
Dès mon enfance, ô divine Marie,
En ta bonté j'ai mis tout mon espoir...
  Je soupire, ô mère chérie !
  A te voir aux cieux, à te voir !

Mère d'amour, de grâce et d'innocence,
Prête aujourd'hui l'oreille à mes accents,
Et que ton nom plein d'éclat, de puissance,
Soit désormais le plus doux de mes chants !
Puissent mes vœux, ô divine Marie,
Monter vers toi comme l'encens du soir !...

Je soupire, ô mère chérie !
A te voir aux cieux, à te voir !

Au malheureux tu fus toujours propice.
Quand le pécheur invoque ton secours,
De Dieu sur lui tu suspends la justice,
Pour le sauver tu prolonges ses jours.
Jamais en vain, ô divine Marie,
Un cœur souffrant n'implora ton pouvoir.
      Je soupire, ô mère chérie,
      A te voir aux cieux, à te voir !

Le nautonier jeté loin du rivage,
Bravant la foudre et les flots en fureur,
Mêle ton nom aux éclats de l'orage,
Et sent bientôt ton appui protecteur.
Aux jours d'épreuve, ô divine Marie,
A ton autel daigne me recevoir !...
      Je soupire, ô mère chérie,
      A te voir aux cieux, à te voir !

Reine des cieux, souris à ma prière !
Comme un enfant je veux t'aimer toujours ;
Entre tes bras, comme aux bras d'une mère,
Que je m'endorme au dernier de mes jours !

Jusqu'à la fin, ô divine Marie,
En ta bonté je mettrai mon espoir...
Je soupire, ô mère chérie!
A te voir aux cieux, à te voir!

XVII

REPENTIR

Jusques à quand, Seigneur, te serai-je infidèle?
Ta main de nouveaux biens me comble chaque jour,
Et je trahis, ingrat! ta bonté paternelle,
Je tourne contre toi les dons de ton amour!

Mais tu le sais, mon Dieu, car tu lis dans mon âme,
De revenir à toi j'ai vraiment le désir!
D'un élan généreux allume en moi la flamme,
Arrache enfin mon cœur aux attraits du plaisir!

Hélas! j'ai vu déjà s'enfuir bien des années,
Et de mes jours par toi le nombre fut compté;
Que je suis loin d'avoir rempli mes destinées,
Et je touche peut-être à mon éternité!

Que te répondre alors, ô mon juge sévère,
Pour calmer ta justice et payer mes forfaits?

Puis-je garder l'espoir d'apaiser ta colère,
Lorsque j'ai si longtemps méconnu tes bienfaits?

Tu me frapperas donc, Seigneur, dans ta vengeance!
Mais les coups effrayants de ton bras irrité
N'égaleront jamais ma coupable insolence
Ni les nombreux excès de mon cœur révolté!

Et tu m'avais créé pour partager ta gloire,
Pour jouir près de toi d'un éternel bonheur!
Mais à ce but divin je n'ai pas voulu croire,
J'ai préféré les biens d'un monde séducteur.

Aujourd'hui je comprends mon erreur, ma folie,
Et j'abhorre le monde autant que je l'aimais.
Ah! vois mon repentir, Seigneur! pardonne, oublie!
C'en est fait, à toi seul j'appartiens désormais!

XVIII

LE JOUR DU SEIGNEUR

Aux célestes accords des tribus immortelles
    Mêlons aujourd'hui nos accents ;
Que notre voix s'élève aux voûtes éternelles
    Avec les parfums de l'encens !
    Ce jour est le jour de Dieu même :
    Quand il brille si radieux,
    Jeune peuple d'enfants qu'il aime,
    Formons des chants harmonieux !

    Chantons ! qu'au loin l'air retentisse
    D'accents de joie et de bonheur !
    Et que la terre aux cieux s'unisse
    Pour fêter le jour du Seigneur !

Heureux jour, tu nous dis que Dieu dans sa puissance
    D'un mot a créé l'univers,

Et des cieux étendu le pavillon immense,
    Et creusé le gouffre des mers ;
    Que rentré dans sa paix profonde
    Et dans son repos éternel,
    Ce Dieu créateur sur le monde
    Jette encore un œil paternel !

    Chantons ! qu'au loin l'air retentisse
    D'accents de joie et de bonheur !
    Et que la terre aux cieux s'unisse
    Pour fêter le jour du Seigneur !

Heureux jour, tu nous dis que des cris d'allégresse
    Doivent saluer ton retour ;
Que le Christ aujourd'hui, fidèle à sa promesse,
    Renaît à la clarté du jour ;
    Que la terre fertilisée
    Par les flots de son sang divin,
    Le voit, sur sa tombe brisée,
    Plus beau que le Fils du matin !

    Chantons ! qu'au loin l'air retentisse
    D'accents de joie et de bonheur !
    Et que la terre aux cieux s'unisse
    Pour fêter le jour du Seigneur !

Heureux jour, tu nous dis qu'enflammant le courage
    Des apôtres faibles encor,
L'Esprit-Saint à leurs voix prête un divin langage
    Et leur fait affronter la mort;
      Qu'au seul accent de leurs paroles
      On voit frémir les éléments;
      Qu'à leur présence les idoles
      Croulent sur leurs autels fumants!

    Chantons ! qu'au loin l'air retentisse
    D'accents de joie et de bonheur!
    Et que la terre aux cieux s'unisse
    Pour fêter le jour du Seigneur!

Tout à nos yeux, Seigneur, célèbre ta mémoire,
    La fleur des champs, l'azur des cieux;
La voix de la nature est un hymne à ta gloire,
    Un chant pur et mélodieux.
      Le soleil brillant de lumière
      Cache le trône où tu t'assieds :
      Les étoiles sont la poussière
      Que tu soulèves sous tes pieds !

    Chantons ! qu'au loin l'air retentisse
    D'accents de joie et de bonheur !
    Et que la terre aux cieux s'unisse
    Pour fêter le jour du Seigneur !

Dieu puissant, dont les cieux voilent l'unique essence,
Verbe divin, Esprit d'amour,
Dont la gloire a des temps précédé la naissance,
Nous vous adorons en ce jour !
Et toi, Vierge mystérieuse,
Qui de plus près vois les splendeurs
De la Trinité glorieuse,
Nous chantons aussi tes grandeurs !

Chantons ! qu'au loin l'air retentisse
D'accents de joie et de bonheur !
Et que la terre aux cieux s'unisse
Pour fêter le jour du Seigneur !

XIX

RECUEILLEMENT

Enfants, quand loin du bruit des villes,
Après de longs mois de travaux,
Vous pouvez, libres et tranquilles,
Prendre quelques jours de repos :
Dans vos courses capricieuses,
A travers les bois et les champs,
Troupes toujours si radieuses,
Arrêtez-vous quelques instants !

Sur le gazon, sous le feuillage,
Au milieu des jeux les plus doux,
Enfants, malgré votre jeune âge,
Pensez à Dieu, recueillez-vous !

Quand la brise en vos chevelures
Passe avec le parfum des fleurs,

Et de vos riantes figures
Ranime encore les couleurs ;
Quand les oiseaux sur votre route
Vous jettent leurs chants gracieux,
Et quand l'écho qui les écoute
Cherche à les répéter comme eux :

Sur le gazon, sous le feuillage,
Au milieu des jeux les plus doux,
Enfants, malgré votre jeune âge,
Pensez à Dieu, recueillez-vous !

En vous effleurant de ses ailes,
Quand le papillon inconstant,
Tour à tour sur les fleurs nouvelles
Vient se reposer un instant ;
D'une main légère et timide
Quand vous cherchez à le saisir,
Quand, reprenant son vol rapide,
Il échappe à votre désir :

Sur le gazon, sous le feuillage,
Au milieu des jeux les plus doux,
Enfants, malgré votre jeune âge,
Pensez à Dieu, recueillez-vous !

Près de vos mères bien-aimées,
Quand vous accourez sans détour,
Quand de vos bouches parfumées
Vous leur exprimez votre amour ;
Quand pour expier des faiblesses
Dont le cœur ne se souvient plus,
Vous multipliez vos caresses ,
Quand vos baisers vous sont rendus ;

Sur le gazon, sous le feuillage,
Au milieu des jeux les plus doux,
Enfants, malgré votre jeune âge,
Pensez à Dieu, recueillez-vous !

C'est Dieu qui conduit toutes choses,
Le soleil, le vent, les saisons ;
C'est lui qui fait fleurir les roses
Et couvre les champs de moissons.
C'est lui qui guérit la souffrance,
Et qui soutient dans le malheur ;
C'est lui qui donne l'espérance
Et console dans la douleur.

Sur le gazon, sous le feuillage,
Au milieu des jeux les plus doux,
Enfants, malgré votre jeune âge,
Pensez à Dieu, recueillez-vous.

Pensez à Dieu dès votre enfance,
Pour y penser longtemps encor,
Qu'il vous garde votre innocence,
C'est le plus précieux trésor.
Pensez à Dieu toute la vie,
Et que jamais de ces beaux jours,
Dont jouit votre âme ravie,
Rien ne vienne troubler le cours !

Sur le gazon, sous le feuillage,
Au milieu des jeux les plus doux,
Enfants, malgré votre jeune âge,
Pensez à Dieu, recueillez-vous !

MÈRE DE DIEU

Mère de Dieu,
Sois désormais ma mère.
Je n'ai plus que toi sur la terre,
Mère de Dieu.
Comme je t'aime,
Daigne m'aimer toi-même,
Mère de Dieu !

Veille sur moi :
Car tu sais ma faiblesse.
Le démon me poursuit sans cesse,
Veille sur moi.
De mon enfance,
Pour garder l'innocence,
Veille sur moi.

Guide mes pas,
Le chemin est si sombre !
Au milieu de périls sans nombre,
Guide mes pas !
Mère chérie,
Vers la sainte patrie
Guide mes pas !

A ton autel
Je viendrai dès l'aurore ;
Le soir, tu me verras encore
A ton autel.
Ma seule envie
Est de passer ma vie
A ton autel.

Après ma mort,
Sois encor mon refuge !
Pour moi parle au souverain juge,
Après ma mort.
Que je te voie
Dans l'éternelle joie,
Après ma mort !

XXI

LA FÊTE DE LA MALADE

Près de moi tout s'apprête
A fêter un beau jour ;
Des fleurs parent ma tête,
Sous les mains de l'amour.
Je vois dans ma demeure
Les fronts s'épanouir...
Et cependant je pleure :
Ah ! pourquoi tant souffrir ?...

L'habitant du bocage,
Dans un jour radieux,
Sous son toit de feuillage,
Forme des chants joyeux.
Tout semble me sourire
D'amour et de plaisir...

Et pourtant je soupire :
Ah! pourquoi tant souffrir?...

Près du port, la nacelle
Ne se brise jamais ;
Au printemps, l'hirondelle
Ne craint pas les filets ;
La fleur qui vient d'éclore
Ne saurait se flétrir...
Mais moi, si jeune encore,
Ah! pourquoi tant souffrir?...

Ma patronne chérie,
Douce reine des cieux,
Du flambeau de la vie
Rallume en moi les feux!
Ai-je de ta tendresse
Perdu le souvenir?
Je t'invoque sans cesse...
Ah! pourquoi tant souffrir?...

O ma mère, pardonne
Ce cri de ma douleur!
Mes maux de ma couronne
Augmentent la splendeur.

Tu souffris sur la terre
Sans jeter un soupir...
Je t'imite, ô ma mère ;
Merci de tant souffrir !...

XXII

MARIE

Marie !... ô nom que l'enfance
Invoque au jour du danger,
Sois mon seul cri de défense
Contre un monde mensonger !
Il me parle de ses fêtes
Pour enflammer mes désirs ;
Mais il cache des tempêtes
Sous le voile des plaisirs !

Marie !... ô nom qui console,
Qui relève et qui guérit ;
Nom plus doux que la parole
D'une âme que l'on chérit ;
Quand l'épreuve est trop amère,
Viens comme un rayon de miel,
Comme un baiser de ma mère,
Comme un avant-goût du ciel !

Marie !... ô nom d'espérance
Pour le cœur du malheureux,
Aux longs jours de la souffrance,
Fais-moi souvenir des cieux !
Loin de la sainte patrie,
Faut-il donc rester encor ?
Ah ! vers toi, mère chérie,
Quand prendrai-je mon essor ?

Marie !... ô nom qui rappelle
Les charmes de la vertu,
Donne une force nouvelle
A mon cœur triste, abattu !
Sois, pour mon âme embrasée,
Ce qu'est à la fleur des champs
La fraîcheur de la rosée,
Ou le souffle du printemps !

Marie !... ô doux nom que j'aime
Plus que le parfum des fleurs,
Baume exhalé du ciel même
Pour endormir mes douleurs :
Sois comme un pieux sourire
Sur ma lèvre, nuit et jour
Qu'enfin avec toi j'expire,
Dans un saint transport d'amour !

XXIII

UN JEUNE MARTYR[1]

Quel est ce nouvel ange éblouissant de gloire,
Devant qui les cieux sont ouverts?
Pourquoi ces cris de fête et ces chants de victoire,
Et ces harmonieux concerts?
Sous le glaive un héros succombe,
Et, victime du pur amour,
Prend les ailes de la colombe
Pour voler au divin séjour.

Enfants, unissons notre hommage
Aux chœurs des élus dans les cieux!
Pour fêter un saint de notre âge,
Formons aussi des chants joyeux!

1. Saint Ursin, rapporté des catacombes de Rome par
Mgr Dupanloup.

Sur sa tige brisée au vent de la tempête,
   Comme la rose tombe et meurt,
Cet enfant sans regret ainsi courbe la tête
   Sous la main du persécuteur.
   Près du Dieu de gloire il s'élance;
   A ses pieds il lui vient offrir,
✦   Avec le lis de l'innocence,
   La palme sainte du martyr.

   Enfants, unissons notre hommage
   Aux chœurs des élus dans les cieux!
   Pour fêter un saint de notre âge,
   Formons aussi des chants joyeux!

Des plus pures vertus sa jeune âme parée,
   Vers Dieu même a pris son essor;
Et la nuit du tombeau de sa cendre sacrée
   Au monde cache le trésor!
   Mais sa tombe silencieuse
   Doit le rendre aux vœux des mortels;
   On verra l'enfance pieuse
   Un jour lui dresser des autels.

   Enfants, unissons notre hommage
   Aux chœurs des élus dans les cieux!
   Pour fêter un saint de notre âge,
   Formons aussi des chants joyeux!

De ces jours glorieux enfin brille l'aurore;
    Un prêtre saint avec bonheur
S'avance aux sombres lieux où ses restes encore
    Dorment sous les yeux du Seigneur.
    Le voyez-vous? Sa main rassemble
    Les saints ossements d'un martyr;
    Et près d'eux nous venons ensemble
    En célébrer le souvenir.

    Enfants, unissons notre hommage
    Aux chœurs des élus dans les cieux !
    Pour fêter un saint de notre âge,
    Formons aussi des chants joyeux!

Aimable saint, souris aux hymnes de victoire
    Que ton nom inspire à nos cœurs !
Avec un saint transport nous fêtons ta mémoire,
    Nous couvrons tes cendres de fleurs!
    Jeune martyr, sous ta bannière
    Nous voulons marcher désormais;
    Que Dieu sur nous, à ta prière,
    Répande ses plus doux bienfaits !

    Enfants, unissons notre hommage
    Aux chœurs des élus dans les cieux !
    Pour fêter un saint de notre âge,
    Formons aussi des chants joyeux!

Ange de pureté, garde notre innocence
    Des plaisirs trompeurs des méchants !
Puisque Dieu n'offre plus à notre faible enfance
    La mort au milieu des tourments,
    Ah ! fais qu'au moins nous puissions être
    Les martyrs du divin amour,
    Et que près du souverain Maître
    Nous puissions tous te voir un jour !

    Enfants, unissons notre hommage
    Aux chœurs des élus dans les cieux !
    Pour fêter un saint de notre âge,
    Formons aussi des chants joyeux !

XXIV

LE MOIS DE MARIE

La neige a disparu du sommet des montagnes,
Et loin de nous la brise a chassé les autans ;
Tout renaît, tout sourit au sein de nos campagnes,
Ce sont les doux soleils, les soleils du printemps.

Déjà de toutes parts on voit les fleurs éclore,
Leur suave parfum se répand dans les airs,
Et du beau mois de mai pour saluer l'aurore,
Les oiseaux dans les bois commencent leurs concerts.

Enfants, mêlons nos voix à leur tendre harmonie ;
Cueillons, à pleines mains, mille bouquets de fleurs,
Et venons à l'autel de la Vierge bénie,
Les répandre à ses pieds en y mêlant nos cœurs !

Pressons-nous chaque jour dans son doux sanctuaire,
Nos vœux seront pour elle un agréable encens ;

Car il ne fut jamais pour le cœur d'une mère
De dons plus précieux que ceux de ses enfants.

Que de fois nous avons éprouvé sa clémence !
Que de fois nous avons ressenti ses douceurs !
Dans un élan d'amour et de reconnaissance,
Célébrons ses vertus, proclamons ses grandeurs !

Oui, béni soit ton nom, ô Vierge immaculée !
Ton nom que l'oiseau semble exalter dans ses chants,
Que répète après lui l'écho de la vallée,
Que murmurent les bois sous le souffle des vents !

Quand l'orient sourit aux rayons de l'aurore,
Nous voulons le chanter dans nos pieux concerts,
Nous serons à tes pieds pour le chanter encore
Quand l'ombre de la nuit couvrira l'univers !

Puissions-nous tous, unis aux célestes phalanges,
Ainsi que sur la terre auprès de ton autel,
Mêler un jour, là-haut, sur la lyre des anges,
Ton doux nom, ô Marie, au nom de l'Éternel !

XXV

ADIEUX AU PETIT SÉMINAIRE DE SAINT-NICOLAS [1]

Une voix nous a dit : Venez fêter encore
Un jour que chaque année ont appelé vos cœurs...
Mais on a vu nos fronts pâlir à son aurore,
Et nos yeux, malgré nous, laisser couler des pleurs.

Sur le point de quitter cette sainte demeure,
Est-ce à nous de sourire à ce dernier soleil ?
Hélas ! de son coucher bientôt va sonner l'heure,
        Nous ne verrons plus son réveil !

Pour la dernière fois, ces palmes déjà prêtes
Vont, en couvrant nos fronts, couronner nos travaux ;
Pour la dernière fois, ô nos jeunes rivaux,
Nous nous sommes assis à vos joyeuses fêtes.

---

1. Pièce composée pour la fête de M. Dupanloup, supérieur du petit séminaire, et lue à la distribution des prix en 1840.

Nous ne reverrons plus ce séjour de bonheur
Où nous goûtions en paix les charmes de l'étude ;
Nous ne reviendrons plus dans cette solitude
Où nous vivions bercés dans les bras du Seigneur.

Comment ne pas pleurer à votre souvenir,
De notre heureuse enfance, ô trop courtes années,
Sous un ciel sans nuage, ô fleurs trop tôt fanées,
Jours si doux, écoulés pour ne plus revenir ?

Comme nous arrachés de cette humble retraite ,
Exilés pour jamais de ces aimables lieux,
D'autres ont autrefois, oubliant cette fête,
    Consacré ce jour aux adieux.

« Chantez, nous disaient-ils, près d'un père si tendre
Vous qui verrez encor s'écouler vos beaux jours ;
Vos hymnes de plaisir peuvent se faire entendre :
Laissez-nous à nos pleurs donner un libre cours !

C'en est fait, loin de vous le Seigneur nous emmène ;
De cet asile heureux nous partons sans retour! »
Ils disaient... Quelques jours se sont passés à peine,
    A peine, et voilà notre tour !

Nous partons ; une mer qui n'est pas sans orage
Va nous porter bientôt sur ses flots périlleux ;

Ah ! permettez aussi qu'en laissant le rivage
   Nous vous adressions nos adieux.

Adieu, vous qui de l'âge excusant la faiblesse,
Nous guidiez par la main au sentier des vertus,
Pasteur pour nous toujours si rempli de tendresse,
   Adieu, nous ne vous verrons plus !

Mais comme le pêcheur suit la barque légère
Qui porte son enfant et s'éloigne du port,
   Jusque sur la rive étrangère
D'un regard paternel, ah ! suivez-nous encor !

Et vous qui souteniez notre tendre jeunesse,
Maîtres toujours aimés, dont les soins assidus
Savaient nous révéler les lois de la sagesse,
   Adieu, nous ne vous verrons plus !

Avant de vous quitter, du nom si doux de père
Une dernière fois laissez-nous vous nommer ;
Toujours votre mémoire à vos fils sera chère,
Et nous aurons toujours un cœur pour vous aimer.

Adieu, jeunes amis qui souriez d'avance
A vos jours de repos ! pleins de joie et d'amour,
Vous allez vous donner le baiser d'espérance
     Pour un heureux retour ;

Car vous viendrez encor dans ce séjour tranquille ;
Ces lieux à vos désirs seront encor rendus ;
Nous, pour toujours, hélas ! nous quittons cet asile.
    Adieu, vous ne nous verrez plus !

Vous ne nous verrez plus de vos fêtes si belles
Partager avec vous les plaisirs innocents :
Mais, quoique séparés, à nos pieux serments
    Nos cœurs seront toujours fidèles !

Sainte Religion, dans ces lieux que j'aimais,
Aux devoirs les plus saints tu formas mon enfance,
Tu conservas en moi la fleur de l'innocence :
    Pourrai-je t'oublier jamais ?

    Et toi, demeure salutaire,
Où j'ai passé des jours si paisibles, si purs,
Des plus douces vertus, ô béni sanctuaire,
Pourrai-je sans regret m'éloigner de tes murs ?

De tes plaisirs sacrés la mémoire chérie
    Saura toujours m'entretenir ;
Que se glace en mon cœur et le sang et la vie,
Si je dois quelque jour perdre ton souvenir !
    . . . .

Adieu, séjour de l'innocence !
Adieu, maîtres chéris dont je suivais les lois !
Adieu, bon père, et vous, amis de mon enfance,
  Adieu pour la dernière fois !

XXVI

LE VALLON

Assis, rêveur et solitaire,
Dans le vallon silencieux,
Caché dans son sacré mystère,
Si mon pied touche encor la terre,
Mon regard se perd dans les cieux.

Des jours d'épreuve et de souffrance
Je chasse l'amer souvenir,
Et sur l'aile de l'espérance,
Mon âme, libre enfin, s'élance
Vers un plus heureux avenir.

Adieu, jeux séduisants du monde,
Qui n'avez pu remplir mon cœur ;
Votre blessure fut profonde,
Mais, dans ma course vagabonde,
Je viens de trouver le bonheur.

Le bonheur est dans l'innocence,
Dans la chasteté des plaisirs,
Il est dans l'ombre et le silence,
Dans ces rêves d'amour immense
Où se perdent tous nos désirs.

Oui, Dieu que j'aime et que j'adore,
Le bonheur est venu pour moi,
Lorsque ta bonté fit éclore
A mes yeux la brillante aurore
Du jour radieux de la Foi.

Sur ton sein quand je me repose,
Comme l'apôtre bien-aimé,
Quand ton doigt de Père se pose
Sur ma paupière demi-close,
De quels feux je suis enflammé !

Ma main, contre mon cœur placée,
N'en peut compter les battements,
Mon âme, du monde lassée,
Durant son sommeil est bercée
Des plus divins ravissements.

Il me semble que vers les anges
Pour jamais je prends mon essor;

Que je m'unis à leurs phalanges,
Et que pour chanter tes louanges,
Je reçois une harpe d'or.

Je mêle aux hymnes de victoire
Les vers qu'ici-bas j'ai chantés,
Et près du trône de ta gloire,
A longs traits, déjà je crois boire
Au torrent de tes voluptés.

Jours de délices immortelles!
De la colombe, ô Dieu d'amour,
Ah! prête-moi les blanches ailes,
Et, loin des régions mortelles,
Je m'envole au sacré séjour!

Mais, pour jouir de cette ivresse,
Il faut répandre bien des pleurs;
Avant ces heures d'allégresse,
Que d'heures d'amère tristesse,
D'inquiétude et de douleurs!

Au sein de sa gloire infinie
Jésus ainsi ne remonta
Qu'après une longue agonie
Sur un gibet d'ignominie,
Qu'après sa mort au Golgotha.

Pauvre exilé, sur cette terre
Il me faut demeurer encor ;
Mais je saurai, dans ma misère,
Regarder d'abord le Calvaire,
Avant d'aspirer au Thabor.

Ni l'épreuve ni la souffrance
Ne pourront troubler mon amour ;
La croix sera mon espérance,
Avec elle j'ai l'assurance
De triompher au ciel un jour.

. . . .

Mais, ô moments passés trop vite !
Le soleil penche à l'horizon,
L'ombre des nuits se précipite,
Il faut que déjà je vous quitte,
Beaux lieux de méditation !

Adieu donc, vallon solitaire,
Séjour calme et silencieux,
Je veux souvent dans ton mystère
Revenir, oubliant la terre,
Perdre mon regard dans les cieux !

XXVII

LA VOIX DE L'OCÉAN

Océan! Océan! lorsque sur ton rivage,
Le regard ébloui, je me suis arrêté,
J'ai dit à Dieu : Seigneur, n'est-ce pas là l'image
    De ta divinité?

Je voudrais vainement en sonder l'étendue;
Le flot se mêle au flot à l'horizon lointain,
Et de quelque côté que se porte ma vue,
    C'est l'Océan sans fin.
Une barque apparaît sur les vagues profondes
Je la vois s'éloigner sous un souffle béni;
Mais la voilà perdue au vaste sein des ondes
    Comme dans l'infini.

Océan! Océan! lorsque sur ton rivage,
Devant tant de grandeur je me suis arrêté,

J'ai dit à Dieu : Seigneur, n'est-ce pas là l'image
    De ton immensité ?

Hier, c'était un lac éblouissant, splendide :
Le ciel s'y reflétait comme dans un miroir,
Et la vague à mes pieds venait mourir limpide
    Sous la brise du soir.
Seul à le contempler dans ce calme suprême,
Sous un charme inconnu, je priais, j'adorais ;
Et, le cœur inondé, je sentais en moi-même·
    Un océan de paix.

Océan ! Océan ! lorsque sur ton rivage,
Devant tant de repos je me suis arrêté,
J'ai dit à Dieu : Seigneur, n'est-ce pas là l'image
    De ta sérénité ?

Tout a changé : j'entends, plus fort que le tonnerre,
Dans un affreux chaos ses vagues retentir.
Il monte, il se soulève, il semble, en sa colère,
    Vouloir tout engloutir.
De femmes et d'enfants une foule éperdue
Accourt sur le rocher par l'orage battu ;
Elle prie... O mon Dieu ! sera-t-elle entendue,
    Et l'exauceras-tu ?...

Océan! Océan! lorsque sur ton rivage,
Devant tant de fureur je me suis arrêté,
J'ai dit à Dieu: Seigneur, n'est-ce pas là l'image
    De ta sévérité?

Aujourd'hui, sur le port, ce sont des cris de fête:
Nos grands vaisseaux, partis des bouts de l'univers,
Rapportent dans leurs flancs, noircis par la tempête,
    Mille produits divers.
La barque du pêcheur revient aussi joyeuse:
Pleine de gros poissons, elle est pleine de chants;
Le marin va pouvoir rendre sa femme heureuse
    Et nourrir ses enfants.

Océan! Océan! lorsque sur ton rivage,
Devant tant de trésors je me suis arrêté,
J'ai dit à Dieu: Seigneur, n'est-ce pas là l'image
    De ta fécondité?

Il est là toujours beau, majestueux, immense,
Avec ses flots d'azur se balançant toujours.
Il est là, tel que Dieu d'un mot, dans sa puissance,
    Le fit aux premiers jours.
Quand tout passe ici-bas, quand les siècles s'écoulent,
Emportant avec eux les trônes, les palais;
Quand tombent les cités, quand les empires croulent,
    Lui ne change jamais.

Océan! Océan! lorsque sur ton rivage,
Devant ton long destin je me suis arrêté,
J'ai dit à Dieu : Seigneur, n'est-ce pas là l'image
    De ton éternité?

Dieu se montre partout; il se révèle à l'âme,
Ici dans son amour et là dans sa grandeur :
Au sein de l'univers, chaque être le proclame,
    Tous le chantent en chœur.
J'entends la fleur des champs, j'entends le grain de sable;
J'entends l'aigle des monts, l'astre du firmament,
Mais avant tout, j'entends ta voix incomparable,
    O superbe Océan!

Océan! Océan! lorsque sur ton rivage,
Le regard ébloui, je me suis arrêté,
J'ai dit à Dieu : Seigneur, c'est vraiment là l'image
    De ta divinité!

XXVIII

MA CHAPELLE EST PETITE

Ma chapelle est petite,
Mais celui qui l'habite
Est grand, est infini.
En sa sainte présence,
Tu me deviens immense,
Sanctuaire béni !

O la douce demeure !
Là je prie et je pleure,
Et plusieurs fois le jour,
Mon âme recueillie
Y retrempe sa vie
Au foyer de l'amour.

En vain ta porte est close,
Tabernacle où repose

Jésus-Christ mon Sauveur.
Je le vois, c'est lui-même ;
Celui que mon cœur aime
Est visible à mon cœur.

Je l'entends, sa parole
Me soutient, me console :
C'est un père, un ami.
Le jour il me conseille,
Et pour moi son cœur veille,
Quand tout est endormi.

O Dieu, quelle tendresse !
Mon néant, ma faiblesse
Ne vous éloignent pas !
Vous calmez mes alarmes,
Vous essuyez mes larmes,
Vous comptez tous mes pas !

Mon Seigneur et mon Maître,
Je veux, pour reconnaître
Tant d'amour, de bonté,
Vous aimer et vous plaire,
Et ne plus jamais faire
Que votre volonté !

XXIX

LE NOM DE BAPTÊME

A MA FILLEULE

Nomen Virginis Maria.
Le nom de la Vierge était Marie.
(Saint Luc, I, 27.)

I

Vous portez, chère enfant, un nom délicieux,
Un nom qui se redit par toute lèvre humaine,
Que j'épelais déjà lorsque ma bouche à peine
Bégayait quelques-uns de ces mots précieux
Que l'on apprend si bien aux genoux de sa mère,
Et qu'aux jours d'une enfance, hélas ! trop éphémère,
On répète, souvent sans les saisir encor ;
Mais qui, compris plus tard, forment tout un langage
Dont on aime à garder, jusqu'au déclin de l'âge,
Un souvenir qui fait notre plus doux trésor.
Marie, aimable enfant, toujours simple et naïve,
Joyeuse passagère, abandonnant la rive,

Et partant sans songer que l'on part sans retour ;
Dont l'esprit et le cœur, deux fleurs à peine écloses,
Ne rêvent que baisers et sourires d'amour,
Tout ignorants qu'ils sont d'une foule de choses
Qui nous occupent, nous, à chaque heure du jour ;
Savez-vous ce que c'est que ce nom du baptême,
Que l'Église nous donne, au jour où Dieu lui-même
Veut bien nous pardonner, pauvres enfants maudits
Que nous sommes alors, et flétris par nature,
Où d'une âme souillée il fait une âme pure,
Et nous rend tous nos droits à son beau paradis ?

II

Ce nom mystérieux est un nom plein de gloire.
D'un saint ou d'une sainte il rappelle l'histoire ;
Il nous dit que là-haut nous avons avec lui,
Dans l'âme qui le porte, un modèle, un appui.
Cette âme est comme un ange à qui Dieu nous confie,
Qui nous prend sous sa garde, au début de la vie,
Qui, depuis le moment où nous quittons le bord,
Emportés désormais sur l'océan des âges,
Pour éloigner de nous la foudre et les orages,
Pour écarter l'écueil, le naufrage et la mort,
Couvre de son amour notre frêle nacelle,
Et nous sert de pilote ou de guide fidèle,

Jusqu'à ce que des cieux nous atteignions le port.
Elle est là, près de nous, durant la traversée,
Rafraîchissant les airs quand leur souffle est en feu,
Jetant en nos esprits quelque sainte pensée,
Et versant dans nos cœurs l'amour pur du bon Dieu.
Si nous avons des jours d'épreuve et de souffrance,
Si nous sentons le poids des peines, des douleurs,
Alors, comme une sœur, plus près elle s'avance,
Elle nous dit tout bas des mots pleins d'espérance,
Qui calment nos chagrins et tarissent nos pleurs.
L'horizon, de nouveau, sous nos yeux se colore,
Comme aux jours du printemps quand se lève l'aurore;
Tout chante autour de nous, et l'insecte et l'oiseau ;
Nous mêlons notre voix au cri de la nature,
Notre félicité jamais ne fut plus pure,
Car le ciel sur nos fronts ne fut jamais plus beau.

                        III

Telle est surtout, enfant, votre auguste patronne.
Dans les splendeurs du ciel où son Fils la couronne,
Regardez-la souvent, voyez-la tous les jours :
Sur vous avec tendresse elle veille toujours.
Oui, sur vous elle étend son ombre tutélaire,
Comme l'oiseau de l'aile ombrage ses petits,
Et vous marchez tranquille au bras de cette mère,

                                        7

Ne rencontrant partout que des sentiers fleuris.
C'est elle qui vous prit, toute jeune et parée,
Et qui vous fit asseoir à la table sacrée,
Où du vrai pain vivant nous pouvons nous nourrir,
Où Jésus-Christ lui-même a bien voulu venir,
Pour la première fois, en votre âme ravie.
O jour délicieux, le plus beau de la vie !
Jour que tous ont pleuré de voir trop tôt finir,
Sur lequel on revient toujours avec envie
Et dont le cœur jamais ne perd le souvenir !

IV

C'est elle qui depuis, dans ce monde où tout change,
Où l'on ne voit partout que des fronts soucieux,
Vous a laissé goûter cette paix sans mélange
Qu'on lit sur tous vos traits, qui brille dans vos yeux,
Et qui fait qu'ici-bas vous passez comme un ange
Que Dieu mit parmi nous pour nous parler des cieux.
C'est elle qui toujours, dans la route inconnue
Où vous allez entrer, où vous serez demain,
Pour garder dans sa fleur votre grâce ingénue,
Dirigera vos pas, vous menant par la main.
Elle sait que pour tous le danger est extrême,
Qu'on y laisse souvent des lambeaux de soi-même
Comme l'agneau sa laine aux ronces du chemin.

Oh ! suivez bien toujours la divine lumière
Qu'à vos yeux elle fait luire avec tant d'amour !
Jamais à sa clarté ne fermez la paupière,
Car votre pied pourrait heurter contre la pierre,
Vous-même vous pourriez vous perdre sans retour !

Restez tranquille, heureuse, à l'ombre de son aile :
Vous ne sauriez trouver de refuge plus doux ;
Mais à sa voix aussi soyez toujours fidèle,
Et faites constamment ce qu'elle attend de vous !

v

Avant tout, chère enfant, soyez pure comme elle,
Comme elle qui toujours fut si chaste et si belle,
Que son nom dans le monde est partout répété,
Qu'elle est même aujourd'hui justement appelée,
Par un dogme de foi, la Vierge immaculée,
C'est-à-dire la fleur de toute pureté.
Pureté ! Des vertus, c'est la plus précieuse.
L'âme qui la possède est vraiment radieuse ;
Sur les traits, dans les yeux, on la voit resplendir,
Comme un rayon du ciel, elle brille, elle éclate ;
Mais il faut prendre garde : elle est si délicate
Qu'un souffle quelquefois suffit pour la ternir.
Ah ! veillez, chère enfant ! Une seule pensée,

Un regard imprudent sur quelque objet mauvais,
Une parole, un mot dont l'oreille est blessée,
Pourrait de ce trésor vous priver à jamais !
Nous ne sommes heureux que quand notre âme est pure.
Alors, comme s'écoule un limpide ruisseau,
Entre deux bords parés de fleurs et de verdure,
Et n'ayant d'autre bruit que son faible murmure,
Nos jours passent ainsi sous un ciel toujours beau.
Nos nuits passent de même. Après une prière
Qui s'échappe du cœur, un paisible sommeil
'Vient, sous les yeux de Dieu, clore notre paupière,
Et l'on dirait qu'un ange est là, jusqu'au réveil,
Au chevet de la couche où notre corps repose,
Que c'est lui qui nous jette et ces songes heureux,
Et ces doux souvenirs, et ces parfums de rose ;
Qu'on retrouve au matin quand l'aurore est éclose,
Et qui, le jour entier, nous rendent tout joyeux.

VI

Soyez humble ; elle aussi fut humble sur la terre ;
Elle y passa sans bruit, presque inconnue à tous,
Et les anges du ciel la nommaient à genoux ;
Et de son propre Fils Dieu la faisait la mère,
Réalisant alors l'ineffable mystère
Qu'avait rêvé pour nous son amour infini.

Et quand l'archange ému vint, sous son toit béni,
Révéler à son cœur la mission céleste,
Qu'elle devait remplir, cette Vierge modeste
Ne sut répondre alors qu'un mot d'humilité :
« Aux ordres de mon Dieu je fus toujours soumise ;
Parlez, par votre bouche il suffit qu'il le dise,
Pour que je fasse en tout sa sainte volonté. »
L'humilité pour nous est toute une puissance ;
Elle seule du cœur protége l'innocence.
Qu'elle soit pour le vôtre un bouclier divin,
Sous lequel vous restiez toujours pure et candide,
A l'abri du venin de ce serpent perfide
Qui jusqu'en son berceau flétrit le genre humain !

VII

Soyez douce ! Le cœur que Dieu donne à la femme,
Il le forme d'abord de douceur et d'amour,
Deux parfums qui déjà s'exhalent de votre âme,
Et que je suis heureux de respirer un jour.
Marie ! oh ! gardez bien ce divin caractère
A qui Jésus promit le règne de la terre,
Et qui prête à la femme un si céleste aspect,
Que, devant son regard, l'homme le plus austère
S'arrête, et la salue avec un saint respect.

VIII

Soyez pieuse enfin ! Dans ce monde profane
Où l'on ne voit qu'objets que la vertu condamne,
Où tout cœur se dessèche, où toute âme se fane,
Enfant, si pure encor, n'allez pas vous asseoir !
Ne soyez pas non plus curieuse de voir
Ces plaisirs enivrants, ces spectacles, ces fêtes,
Où fleurs et diamants parent toutes les têtes :
Ce n'est qu'un ciel trompeur qui cache des tempêtes !
Croyez-moi, chère enfant, là n'est pas le bonheur :
Ne l'y cherchez jamais ! Voulez-vous, sur la terre,
Du ciel même un instant connaître la douceur ?
Allez dans le secret de quelque sanctuaire,
Où règnent nuit et jour le silence et la paix,
Et là, près de Celui qui ne trompe jamais,
A genoux à ses pieds, tranquille, solitaire,
Ouvrez avec amour votre âme à la prière !

Priez pour vous d'abord ; demandez que vos jours
Soient tous bénis de Dieu, qu'ils coulent sans nuage,
Vous laissant la fraicheur de votre premier âge,
Et, sur ce front si doux qui nous sourit toujours,
Qu'ils n'impriment jamais l'ombre de leur passage !

Priez pour votre mère, elle qui si longtemps
Vous nourrit de baisers, veilla sur vote enfance,
Et dans votre berceau, parfumé d'innocence,
Vous endormit toujours avec de si doux chants !

Priez pour votre père ; il faut une âme forte
Pour accomplir sa tâche et ne fléchir jamais :
On peut tomber sitôt sous le fardeau qu'on porte,
Et nous voyons des jours quelquefois si mauvais !

Priez pour votre sœur, elle est déjà si bonne !
Que Dieu la comble aussi des dons de son amour !
En grâce, en piété grandissant chaque jour,
Qu'elle imite avec vous votre sainte patronne !

IX

Priez enfin, priez pour tous les malheureux
Dont le monde est rempli, que l'on voit à toute heure,
Avec un air souffrant et des pleurs dans les yeux,
S'asseoir et mendier au seuil de sa demeure !
Ah ! quand auprès de vous, quand, sur votre chemin,
Quelqu'un de ces enfants, voués à la misère,
Et qu'on poursuit parfois d'une ironie amère,
Quand l'un d'eux près de vous passe et vous tend la main,

Ayez pitié toujours, donnez-lui votre aumône !
Dieu, qui voit tout là-haut, inscrit ce que l'on donne ;
Il fait de notre argent comme un grain précieux
Qui d'une fleur de plus orne notre couronne,
Que l'on sème ici-bas, qui produit dans les cieux.

X

Vous passerez alors, douce enfant, sur la terre,
Laissant de tous vos pas un heureux souvenir :
On aura chaque jour un mot pour vous bénir,
Et vous serez ainsi semblable à votre mère.

LOUISE A DIX-HUIT ANS

Dans les bosquets, dans les charmilles,
Pourquoi courez-vous, jeunes filles,
Avec ces rires et ces chants?
— Louise a dix-huit ans.

Alors riez, chantez encore!
Riez comme on rit à l'aurore,
Chantez comme on chante au printemps!
— Louise a dix-huit ans.

Dans les bosquets, sous les charmilles,
Arrêtez-vous, ô jeunes filles,
Recueillez-vous quelques instants!
— Louise a dix-huit ans.

Faites pour elle une prière,
Pour que longtemps près de sa mère

7.

Elle coule des jours charmants !
— Louise a dix-huit ans.

Dans les bosquets, sous les charmilles,
Oui, priez toutes, jeunes filles,
Je vais prier en même temps !
— Louise a dix-huit ans.

Que Dieu toujours veille sur elle,
Et que son âme soit plus belle
Que la plus belle fleur des champs !
— Louise a dix-huit ans.

Dans les bosquets, sous les charmilles,
Priez encore, ô jeunes filles,
Mêlons ensemble nos accents !
— Louise a dix-huit ans.

Qu'elle soit toujours douce et bonne,
Et que là-haut Dieu la couronne
Un jour après de longs printemps !
— Louise a dix-huit ans.

Dans les bosquets, sous les charmilles,
Courez de nouveau, jeunes filles,
Reprenez vos rires, vos chants !
— Louise a dix-huit ans !

XXXI

LA PENSÉE

Entre toutes les fleurs qui parent nos prairies,
    Il en est une que mon cœur
Cherche de préférence, et qu'en mes rêveries
    Je cueille avec bonheur.
Quand je suis loin des miens, quand j'ai l'âme oppressée
    Sous le poids de leur souvenir,
C'est près de toi d'abord, ô modeste pensée,
    Que tu me vois venir.

    Aimable fleur, touchant emblème
    D'amour et de fidélité,
    Tu me rappelles ceux que j'aime,
Je retrouve avec toi tout ce que j'ai quitté !

De ma mère, avant tout, se présente l'image :
    C'est elle avec ses traits charmants, '

Avec son doux sourire, avec son doux langage
    Et ses embrassements.
Mon père, en même temps, revient à ma tendresse,
    Le front plein de sérénité,
Sous ses beaux cheveux blancs, dans sa noble vieillesse,
    Dans toute sa beauté.

    Aimable fleur, touchant emblème
    D'amour et de fidélité,
    Tu me rappelles ceux que j'aime,
Je retrouve avec toi tout ce que j'ai quitté !

Pour toi, tu le sais bien, sœur tendrement chérie,
    Douce compagne de mes jours,
Tu ne quittes jamais ma mémoire attendrie,
    Mon cœur te voit toujours.
Tu n'es pas plus absent, cher éprouvé, mon frère !...
    Ah ! vis près de moi désormais,
Avec tes trois enfants, séparés de leur mère,
    Plus aimés que jamais !

    Aimable fleur, touchant emblème
    D'amour et de fidélité,
    Tu me rappelles ceux que j'aime,
Je retrouve avec toi tout ce que j'ai quitté !

Et vous, amis, que Dieu, par une étroite chaîne,
   A liés à ma vie un jour,
Croyez que loin de vous, de vous mon âme est pleine,
   Constante en son amour.
Je ne puis oublier ceux qu'une mort cruelle,
   Hélas! a ravis à mon cœur!...
A tous ses souvenirs mon cœur reste fidèle,
   Fidèle à sa douleur.

   Aimable fleur, touchant emblème
   D'amour et de fidélité,
   Tu me rappelles ceux que j'aime,
Je retrouve avec toi tout ce que j'ai quitté!

Mais mon âme avec toi plus haut s'est élancée,
   Tu me fais monter jusqu'au ciel,
Et tu me montres là, symbolique pensée,
   Un bonheur éternel!
Oui, ceux que Dieu m'a pris, endormis dans sa grâce,
   Sont au royaume de l'amour,
Et je sais que je puis, en marchant sur leur trace,
   Les revoir tous un jour!

   Aimable fleur, touchant emblème
   D'amour et de fidélité,
   Tu me rappelles ceux que j'aime,
Je retrouve avec toi tout ce que j'ai quitté!

XXXII

NOTRE-DAME DES VICTOIRES

O bonne et tendre Mère,
Refuge des pécheurs,
Tu vois la peine amère
Qui fait couler nos pleurs
Le mal couvre la terre
Et pervertit les cœurs,
O bonne et tendre Mère,
Convertis les pécheurs !

N'est-il pas vrai qu'aujourd'hui sur le monde,
Avec orgueil, règne l'impiété ?
Contre le Christ c'est la haine profonde ;
Son nom divin est partout insulté.
Le démon triomphe et blasphème ;
Vierge puissante, il croit être vainqueur ;

Pour Jésus-Christ et pour toi-même,
Ah! mets un terme à sa fureur!

O bonne et tendre Mère,
Refuge des pécheurs,
Tu vois la peine amère
Qui fait couler nos pleurs.
Le mal couvre la terre
Et pervertit les cœurs,
O bonne et tendre Mère,
Convertis les pécheurs!

A l'Evangile on refuse de croire,
Et de l'enfer on affronte les feux.
Du ciel lui-même on rejette la gloire;
On fait le mal et l'on se dit heureux.
    Est-il vrai qu'un cœur qui t'oublie
Puisse goûter le bonheur et la paix?
    Dis-le bien haut, Mère chérie :
    Oh! non, jamais! oh! non, jamais!

O bonne et tendre Mère,
Refuge des pécheurs,
Tu vois la peine amère
Qui fait couler nos pleurs.
Le mal couvre la terre
Et pervertit les cœurs,

O bonne et tendre Mère,
Convertis les pécheurs !

De tes enfants ne peux-tu pas te plaindre?
Souvent, hélas ! en nos cœurs inconstants,
Ne vois-tu pas notre ferveur s'éteindre?
Nous oublions nos plus sacrés serments.
    Mais c'en est fait, c'est pour la vie,
Nous ne voulons jamais plus être ingrats ;
    Pour rester forts, Vierge bénie,
    Nous nous jetons entre tes bras !

    O bonne et tendre Mère,
    Refuge des pécheurs,
    Tu vois la peine amère
    Qui fait couler nos pleurs.
    Le mal couvre la terre
    Et pervertit les cœurs,
    O bonne et tendre Mère,
    Convertis les pécheurs !

Sous ton saint nom s'est fait une croisade.
Des cœurs pieux, s'unissant dans l'amour,
Pour tout pécheur, pour toute âme malade,
A ton autel t'implorent chaque jour.
    Ainsi, ton Archiconfrérie
Pour l'univers ne cesse de prier,

Et tu peux par elle, ô Marie,
Ouvrir ton cœur au monde entier !

O bonne et tendre Mère,
Refuge des pécheurs,
Tu vois la peine amère
Qui fait couler nos pleurs.
Le mal couvre la terre
Et pervertit les cœurs,
O bonne et tendre Mère,
Convertis les pécheurs !

A ce troupeau privilégié, fidèle,
Nous sommes tous heureux d'appartenir,
Et nous venons, pleins d'amour, pleins de zèle,
Te supplier, Mère, de nous bénir.
Loin du monde, loin de ses gloires,
Le cœur ici toujours est consolé,
O Notre-Dame des Victoires,
Près de ton cœur immaculé.

O bonne et tendre Mère,
Refuge des pécheurs,
Tu vois la peine amère
Qui fait couler nos pleurs.
Le mal couvre la terre
Et pervertit les cœurs,

O bonne et tendre Mère,
Convertis les pécheurs !

Nous te prions pour l'Église et la France ;
Pour que Jésus soit par tous adoré ;
Et nous mettons toute notre espérance
En ton saint nom, en ton cœur vénéré !
   La foudre gronde sur nos têtes,
Le ciel partout est sombre et menaçant ;
   Mais tu peux calmer ces tempêtes,
   Sur Dieu ton cœur est tout-puissant.

      O bonne et tendre Mère,
      Refuge des pécheurs,
      Tu vois la peine amère
      Qui fait couler nos pleurs.
      Le mal couvre la terre
      Et pervertit les cœurs,
      O bonne et tendre Mère,
      Convertis les pécheurs !

Près de ton cœur, ô Vierge, que l'on passe
De doux moments, des jours délicieux !
Là des chagrins le souvenir s'efface,
On a sur terre un avant-goût des cieux.
   Tu nous y reçois à toute heure
Pour nous garder et pour nous secourir.

Ton cœur, Mère, est notre demeure,
Nous y voulons vivre et mourir.

O bonne et tendre Mère,
Refuge des pécheurs,
Tu vois la peine amère
Qui fait couler nos pleurs.
Le mal couvre la terre
Et pervertit les cœurs,
O bonne et tendre Mère,
Convertis les pécheurs !

XXXIII

MARIE, REFUGE DES PÉCHEURS

UNE CONVERSION AUX PIEDS DE NOTRE-DAME-DES-VICTOIRES

C'était le soir, aux pieds de la reine des vierges,
Dont l'autel rayonnait aux feux de mille cierges,
La foule, par trois fois, redisait à genoux :
« Refuge des pécheurs, priez, priez pour nous ! »
L'accord était céleste, et, devant ce spectacle,
Il semblait que Marie allait faire un miracle.

En effet, dans un coin, un jeune homme caché
Se sentit tout à coup par la grâce touché.
« Qu'ils sont heureux, dit-il, ceux qu'une foi sincère
Peut ainsi transporter au ciel dès cette terre !
Oh ! oui, qu'ils sont heureux ! Dieu leur donne une paix
Que mon cœur tourmenté ne connaîtra jamais.
En entendant leurs chants, je pleure, je soupire.
Le remords jusqu'ici me poursuit, me déchire.
Toute ma vie, hélas ! n'est qu'un ennui sans nom.

J'en gémis, mais je suis l'esclave du démon...
Il m'éblouit d'abord par de brillants mensonges.
Le jour, à mes regards, et la nuit, dans mes songes,
Il faisait resplendir, sous des traits séduisants,
Tout ce qui peut flatter et le cœur et les sens.
A mon oreille même il sut se faire entendre
Avec des mots si doux, que je me laissai prendre.
— Je vais, me disait-il, contenter tes désirs.
Tiens, prends et bois, c'est là la coupe des plaisirs. —
Et je bus à longs traits de ce poison funeste ;
Le plus profond dégoût est tout ce qui m'en reste.
De la paix, du bonheur, des biens que je cherchais,
Et que j'allais par lui posséder désormais,
Il ne put me donner qu'une ivresse éphémère,
Que suivirent des jours d'inquiétude amère.
Maintenant, engagé dans ses liens honteux,
C'est en vain que j'essaye un effort généreux ;
Les nœuds sont trop puissants, je me soulève à peine
Que je tombe aussitôt sous le poids de ma chaîne.
Je ne sais à quel cœur je pourrais m'adresser :
Tous ceux que j'ai connus semblent me délaisser.
J'ai tant prié de fois que ma voix importune
A fatigué le ciel, et, dans mon infortune,
Il ne m'est plus permis d'attendre de pardon ;
Dieu n'a plus le pouvoir de me faire ce don.
Non, non, je ne vois plus de terme à ma souffrance,
J'ai perdu pour jamais tout rayon d'espérance !

Mais que dis-je? une étoile ici brille à mes yeux.
Cet autel m'apparaît comme un reflet des cieux.
Je sens ma foi renaître à sa vive lumière,
Et mon cœur malgré moi murmure une prière.
Quel nom vient sur ma lèvre? O sacré souvenir!
Nom si pur qu'autrefois j'aimais tant à bénir!
Marie!... Ah! ce nom seul relève mon courage.
Achève, Vierge sainte, achève ton ouvrage!
C'est toujours près de toi que le pauvre pécheur
Vient chercher son refuge, ô Mère du Sauveur!
Tu lui dis d'espérer, tu calmes ses alarmes.
Je tombe à tes genoux, les yeux mouillés de larmes.

Me voici devant toi contrit, humilié,
Ne me refuse pas un regard de pitié!
Si tu sais à quel point je te fus infidèle,
Pour moi, je sais quelle est ta bonté maternelle.
Les larmes d'un enfant t'attendrirent toujours.
Qui t'implora jamais sans trouver du secours?
N'as-tu pas dans tes mains la puissance suprême?
Ton nom seul invoqué fait trembler l'enfer même.
Offre à ton divin Fils mes regrets et mes pleurs;
Qu'il oublie, à ta voix, mes trop longues erreurs,
Et qu'il daigne me rendre, avec mon innocence,
La paix que je goûtais aux jours de mon enfance!

Je suis prêt, tu le vois, s'il veut me pardonner,
A changer de conduite, à tout abandonner.
Pour retrouver le calme et rentrer dans sa grâce,
O Mère, dis-le-moi, que faut-il que je fasse?... »

Le lendemain, après une nuit sans repos,
A l'oreille du prêtre, ému de ses sanglots,
Il faisait l'humble aveu des fautes de sa vie,
Et se levant absous, l'âme heureuse, ravie,
Il promettait à Dieu, désormais tout au bien,
De vivre et de mourir en sincère chrétien.

Chaque soir sous les yeux de la reine des vierges,
Lorsque l'autel rayonne aux feux de mille cierges,
Il se mêle à la foule, et redit à genoux :
« Refuge des pécheurs, priez, priez pour nous ! »

XXXIV

AVE MARIA

Dans ton sanctuaire,
L'abri des pécheurs,
Entends, bonne Mère,
Le cri de nos cœurs !
Ave, Maria !

Tes enfants rebelles
Veulent devenir
Des enfants fidèles,
Daigne les bénir !
Ave, Maria !

Demande toi-même,
Vierge, en notre nom,
La grâce suprême
D'un divin pardon !
Ave, Maria !

8

En cette vallée
D'épreuve et de pleurs,
Vierge immaculée,
Calme nos douleurs !
Ave, Maria !

Vierge, en toi la France,
Dans ces tristes jours,
Met son espérance,
Viens à son secours !
Ave, Maria !

Dame des Victoires,
Rends-lui désormais
Ses anciennes gloires,
Ses beaux jours de paix !
Ave, Maria !

Qu'elle aime l'Église,
Et, comme autrefois,
Qu'au monde elle dise :
Je défends ses droits !
Ave, Maria !

Qu'en sa fille aînée
L'Église, aujourd'hui,

Seule, abandonnée,
Trouve son appui!
Ave, Maria

Mais frappés nous-mêmes,
Nous ne pouvons rien.
Vierge, tu nous aimes,
Sois notre soutien!
Ave, Maria!

Prends notre défense,
Viens nous relever!
Avec toi, la France
Saura tout braver.
Ave, Maria!

Ton peuple, ô Marie,
Est à tes genoux;
Il t'implore, il prie :
Vierge, exauce-nous!
Ave, Maria!

Deux mots, tendre Mère,
Résument nos vœux :
T'aimer sur la terre
Et te voir aux cieux!
Ave, Maria!

XXXV

A L'ESPRIT SAINT

Spiritus est qui vivificat.
C'est l'esprit qui vivifie.
(Saint Jean.)

Esprit d'amour, Esprit de vie,
Découvre à mon âme ravie
Quelques rayons de ta splendeur ;
Et, sous leur divine influence,
Je vais célébrer ta puissance, ·
Je vais exalter ta grandeur.

Pour bénir l'Éternel, pour chanter ses louanges,
C'est toi qui mets, là-haut, sur la lèvre des anges
Les cantiques sacrés et les hymnes sans fin :
Aux mains des célestes phalanges,
La harpe ne frémit qu'à ton souffle divin.

C'est toi qui du poète inspirant le génie,
L'illumines des feux de ta gloire infinie ;

8.

Et quand il nous redit ses chants délicieux,
    Dans leur ineffable harmonie
Nous entendons l'écho de ce qu'on chante aux cieux.

C'est ainsi que par toi je veux chanter moi-même ;
Tu pénètres mon cœur de ta grâce suprême ;
Des plus pieux transports je me sens animé,
    Je veux proclamer que je t'aime,
Et qu'ici-bas toi seul mérites d'être aimé.

    Esprit d'amour, Esprit de vie,
    Découvre à mon âme ravie
    Quelques rayons de ta splendeur ;
    Et, sous leur divine influence,
    Je vais célébrer ta puissance,
    Je vais exalter ta grandeur.

A l'aurore des temps, quand d'une nuit profonde,
A la clarté des jours, Dieu fit jaillir le monde,
Au milieu du chaos des éléments divers,
    Ce fut ta sagesse féconde
Qui sut tout disposer dans ce vaste univers.

Chaque être prit sa place au sein de la nature ;
Tu donnas aux forêts leur ombre et leur verdure,
La grève à l'Océan pour calmer sa fureur,

Au ruisseau son léger murmure,
Au vallon son silence et sa douce fraîcheur.

Tu donnas ses parfums à l'herbe des prairies,
Aux fleuves les contours de leurs rives fleuries,
Aux grands monts leurs glaciers, aux oiseaux leurs chansons,
     A la brise des harmonies,
Ses étoiles au ciel, au soleil ses rayons.

     Esprit d'amour, Esprit de vie,
     Découvre à mon âme ravie
     Quelques rayons de ta splendeur ;
     Et, sous leur divine influence,
     Je vais célébrer ta puissance,
     Je vais exalter ta grandeur.

Lorsque l'homme apparut, majestueux, sublime,
Sortant des mains de Dieu dans toute sa splendeur,
C'est toi qui lui donnas ce souffle qui l'anime,
Qui brille en son regard, qui tressaille en son cœur ;

Ame pure, immortelle et faite à ton image,
Qui te connaît, qui t'aime, et qui peut chaque jour,
S'élevant jusqu'à toi, t'adresser un hommage,
Digne de tes bienfaits, digne de ton amour.

Oh! que l'homme était grand dans ces jours d'innocence!
Tous les êtres créés s'unissaient à sa voix

Pour chanter avec lui ta bonté, ta puissance,
   Et pour se soumettre à tes lois.

Il marchait triomphant ; les fleurs, sur son passage,
Lui jetaient leurs parfums, les oiseaux leurs concerts ;
Dans les champs de l'Eden, sous un ciel sans nuage,
Tout saluait en lui le roi de l'univers...

. . . .

Hélas ! ce ne fut là qu'un bonheur éphémère :
Contre son créateur l'homme s'est révolté.
Mais, quand Dieu le frappait, en maudissant la terre,
Tu lui laissais l'espoir d'être un jour racheté.

   Esprit d'amour, Esprit de vie,
   Découvre à mon âme ravie
   Quelques rayons de ta splendeur ;
   Et, sous leur divine influence,
   Je vais célébrer ta puissance,
   Je vais exalter ta grandeur.

Dans les siècles d'attente, alors que les prophètes
Aux enfants d'Abraham, dévoilant l'avenir,
Annonçaient qu'un sauveur devait un jour venir,
   Ils n'étaient que tes interprètes :
De ton souffle puissant tu faisais sous leurs doigts
   Retentir la lyre sacrée,

Tu jetais ta parole à leur bouche inspirée,
　　Et tu t'exprimais par leur voix

A l'heure fortunée où finit l'anathème,
　Quand Jessé vit fleurir le rejeton divin
Qui seul pouvait combler les vœux du genre humain
　　Et son espérance suprême ;
Ce fut toi qui choisis la Vierge d'Israël,
　　Et qui, sous ton ombre féconde,
Lui donnas d'enfanter, pour le salut du monde,
　　Le Fils même de l'Éternel !

　　Esprit d'amour, Esprit de vie,
　　Découvre à mon âme ravie
　　Quelques rayons de ta splendeur ;
　　Et sous leur divine influence,
　　Je vais célébrer ta puissance,
　　Je vais exalter ta grandeur.

Sorti de son tombeau, plein de vie et de gloire,
Quand le Christ en vainqueur remonta dans les cieux,
Ses apôtres craintifs et toujours lents à croire,
Devant des ennemis menaçants, furieux,
N'osaient encore au monde annoncer sa victoire.
Mais tu viens au Cénacle, et voilà que soudain,
Ne pouvant contenir le feu qui les dévore,
Ils sortent transformés, une croix à la main,

Et prêchant au grand jour, ils veulent qu'on adore ·
Celui que tout un peuple, hier, vouait encore
  Aux opprobres du genre humain.

Le monde entier bientôt doit être leur conquête.
Envoyés par le Maître, ils ont pour mission
De porter l'Évangile à toute nation,
Et rien ne leur fait peur, et rien ne les arrête ;
Ils franchissent les monts, ils traversent les mers ;
Et partout on finit par croire à leurs paroles ;
On détruit les autels, on brise les idoles,
Le Christ est le seul Dieu qu'adore l'univers.

      Esprit d'amour, Esprit de vie,
      Découvre à mon âme ravie
      Quelques rayons de ta splendeur ;
      Et, sous leur divine influence,
      Je vais célébrer ta puissance,
      Je vais exalter ta grandeur.

Dix-huit siècles passés affirment que l'Église
Sur le roc immuable est à jamais assise,
Que, par toi soutenue, elle peut sans terreur
De l'enfer et du monde affronter la fureur.
Du sang de ses martyrs elle fut arrosée ;
Il coula trois cents ans au cirque, au Colisée ;

Sous la dent des lions, sous le fer du bourreau,
Les Césars espéraient l'étouffer au berceau.
Mais quand un chrétien tombe, il en reparaît d'autres,
Et la mort qu'on lui donne enfante des apôtres.
C'est ainsi que, malgré la haine des tyrans,
L'Église a vu partout se resserrer ses rangs.
Son dogme et sa morale ont transformé le monde;
Ta grâce constamment l'anime et la féconde ;
Pour lui faire accomplir ses immortels destins,
Tu lui donnes toujours des pontifes, des saints ;
Des mystères de Dieu seule dépositaire,
Elle a seule le droit d'enseigner sur la terre,
Et seule ayant les clefs du royaume du ciel,
Seule elle peut promettre un bonheur éternel.

　　　Esprit d'amour, esprit de vie,
　　　Découvre à mon âme ravie
　　　Quelques rayons de ta splendeur ;
　　　Et, sous leur divine influence,
　　　Je vais célébrer ta puissance,
　　　Je vais exalter ta grandeur.

C'est en vain que sans toi, quel que soit son génie,
L'homme cherche à sonder le passé, l'avenir ;
Il est environné d'une nuit infinie,
Ne sachant qui l'a fait, ce qu'il doit devenir.
Un atome, un brin d'herbe, un seul grain de poussière,

Comme l'astre qui brille à la voûte des cieux,
Tout est voilé pour lui, pour lui tout est mystère,
Tout arrête et confond son esprit orgueilleux.
C'est encor vainement que son cœur, sans ta grâce,
Demande le bonheur à l'ivresse, aux plaisirs;
Quand il croit le goûter, tout disparaît, tout passe,
Et rien ne satisfait l'ardeur de ses désirs.
Le monde n'est pour lui qu'une ironie amère,
Et chaque jour lui jette un démenti nouveau :
Hier c'était la paix, aujourd'hui c'est la guerre,
    Demain ce sera le tombeau.

    Esprit d'amour, Esprit de vie,
    Découvre à mon âme ravie
    Quelques rayons de ta splendeur ;
    Et, sous leur divine influence,
    Je vais célébrer ta puissance,
    Je vais exalter ta grandeur.

Pour moi, je veux toujours marcher à ta lumière,
Je veux toujours t'aimer et toujours te servir ;
Je veux t'offrir toujours l'encens de ma prière,
Toujours chanter ta gloire et toujours te bénir.
Je veux toujours en toi mettre mon espérance,
Attendre de toi seul le repos et la paix,
Pour toi tout supporter, l'épreuve, la souffrance,
Sûr, au ciel, avec toi, d'être heureux à jamais.

Là s'évanouiront les ombres de la terre,
Là tu te montreras dans toute ta beauté,
Là je pourrai te voir sans voile, sans mystère,
    Et ce sera l'Éternité.

XXXVI

J'AIME NOTRE CHAPELLE

J'aime notre chapelle ; elle est simple, modeste ;
Mais nul bruit du dehors n'en vient troubler la paix :
Le parfum qu'elle exhale est un parfum céleste,
Et l'âme pénétrée y sent Dieu de plus près.

Au fond, un tableau peint par une main d'artiste
Nous montre, rassemblés en groupe gracieux,
Marie, Élisabeth, Jésus et Jean-Baptiste,
Quatre fronts inspirés, souriants, radieux.

Une lampe en vermeil au plafond se balance,
Quelques portraits de saints sont appendus aux murs ;
Et sur l'autel deux lis, emblèmes d'innocence,
Nous rappellent que Dieu n'aime que les cœurs purs.

Les nôtres le sont-ils ? — Chaque matin, dans l'ombre
De votre sanctuaire, ô Dieu tendre, ô Dieu bon,

Humiliés, contrits, de nos fautes sans nombre
Nous venons à vos pieds implorer le pardon !

Oui, j'aime la chapelle où nous prions ensemble,
Où nous pouvons mêler nos soupirs et nos vœux !
Si peu que nous soyons, dans ce calme, il me semble,
Étant plus recueillis, que Dieu nous entend mieux.

Il a béatifié les âmes pacifiques ;
Il préfère l'hysope au cèdre sourcilleux,
La nudité du cloître à l'or des basiliques,
L'esprit simple et soumis au génie orgueilleux.

Il est là : nul de nous ne peut le méconnaître,
Notre cœur le respire, il le voit, il le sent :
Du trône de sa gloire, à la voix de son prêtre,
Chaque matin, pour nous, ici même il descend.

Il est donc vrai, Seigneur, que deux mots de ma bouche
Transforment à l'autel et le pain et le vin ;
Que vous venez vous-même, et que ma main vous touche,
Qu'un homme, qu'un pécheur a ce pouvoir divin ?

Vous-même l'avez dit : « Ce que je viens de faire,
» Faites-le tous les jours en mémoire de moi !
» C'est ma chair, c'est mon sang ! » Quel que soit le mystère,
Je crois, Seigneur, et rien ne peut troubler ma foi.

Mais pourquoi tous les jours l'auguste sacrifice ?
O prodige d'amour ! adorons à genoux !
Jésus veut de son Père apaiser la justice,
Et nous ouvrir le ciel en s'immolant pour nous.

Ce qu'il fit autrefois sur la croix, au Calvaire,
Il veut le faire encore. Aujourd'hui, tous les jours,
Nous en avons besoin ; victime volontaire,
Malgré tous nos oublis il s'offrira toujours.

Et ce n'est pas assez ; dans son amour extrême,
Il nous sert à l'autel le festin le plus doux,
A notre âme affamée il se donne lui-même,
Et nous ne vivons plus, c'est lui qui vit en nous.

Il y vit jusqu'au jour, où sortant de ce monde,
Nous allons, près de lui, nous mêler aux élus
Qu'il nourrit de nouveau, qu'il comble, qu'il inonde
D'une félicité qui ne finira plus !

Paisible sanctuaire, ô chapelle bénie,
Que l'on passe en ton sein des moments précieux !
On se calme, on s'élève ; une grâce infinie
Descend et donne au cœur un avant-goût des cieux !

Venons-y chaque jour, pleins d'amour pleins de zèle,
Pour éviter le mal, pour pratiquer le bien,

Pour que notre âme à Dieu reste toujours fidèle,
Pour n'être qu'à lui seul : tout le reste n'est rien.

Oui, près de cet autel, dans cette paix profonde,
Unissons-nous à Dieu sans trouble, sans efforts,
Et prions pour tous ceux qui nous sont chers au monde,
Prions pour nos vivants et prions pour nos morts.

XXXVII

LA LAMPE DU SAINT SACREMENT

Quand Jésus-Christ, voilant sa grandeur, sa puissance
Réside parmi nous au divin Sacrement,
    Pour nous révéler sa présence,
Une lampe à l'autel doit brûler constamment.

A ton rôle sacré, lampe, reste fidèle.
De l'éternel amour éclairant le palais,
    Le jour, la nuit, brille, étincelle,
Près de ce Dieu caché qui ne s'endort jamais.

Que je t'aime surtout, lampe du sanctuaire,
Le soir, quand, libre enfin et tout à mon amour,
    Dans quelque église solitaire,
Je viens me reposer des fatigues du jour !

Comme une étoile alors tu deviens radieuse,
Et je vois resplendir, dans l'ombre du saint lieu,

A ta lueur mystérieuse,
L'auguste tabernacle où repose mon Dieu.

Jésus-Christ m'apparaît, plein d'amour, plein de vie;
Aux plus pieux élans je donne un libre cours,
    Et mon âme heureuse, ravie,
A ses pieds adorés voudrait rester toujours.

Douce lampe, pour lui je voudrais plus encore :
Je voudrais posséder ta flamme, ta chaleur,
    Et, dans l'amour qui me dévore,
Par un de tes rayons lui révéler mon cœur.

Ah! parle-lui pour moi! redis-lui ma prière!
Qu'il l'entende aujourd'hui, qu'il l'entende demain!
    Avec ta limpide lumière,
Elle doit pénétrer jusqu'à son cœur divin.

Pour lui, comme pour moi, n'as-tu pas ton langage?
Chaque étoile du ciel, chaque fleur a le sien.
    Charge-toi donc de mon message;
Tu me dis son amour, dis-lui, dis-lui le mien!

Dis-lui, lampe bénie, oui, dis-lui que je l'aime;
Dis-lui que mon bonheur consiste à le servir;
    Dis-lui qu'il est mon bien suprême;
Dis-lui que pour lui seul je veux vivre et mourir!

Dis-lui que dans ce temple, où je prie, où j'adore,
Non seulement pour lui je veux me consumer,
    Mais que partout je veux encore
Parler de son amour, je veux le faire aimer !

C'est en vain qu'à mes yeux, dans l'ombre et le silence,
Il voile sa splendeur ; lampe sainte, à l'autel,
    Tu me révèles sa présence,
Et je le vois ici comme on le voit au ciel.

A ton rôle sacré reste toujours fidèle !
De l'éternel amour éclairant le palais,
    Le jour, la nuit, brille, étincelle,
Près de ce Dieu caché qui ne s'endort jamais !

XXXVIII

UN AMI

OUBLI ET RETOUR

Amicus fidelis medicamentum vitæ et immortalitatis
Un ami fidèle est un remède de vie et d'immortalité.

1

Je l'aimais tendrement ; pour moi c'était un frère.
Mais il avait tout jeune, hélas ! perdu sa mère,
Et la foi s'était presque éteinte dans son cœur.
Je voyais sur sa lèvre un sourire moqueur,
Lorsque je lui parlais de sa pieuse enfance,
De sa candeur d'alors et de son innocence.
Frappé d'un mal cruel, qu'on ne pouvait guérir,
Et ne voulant sitôt se résoudre à mourir,
Il était plein d'aigreur, et parfois de colère ;
Il blasphémait le ciel, il maudissait la terre.
Poussé par mon amour, et craignant de le voir
Se livrer à l'accès d'un sombre désespoir,
Je le pressais, un jour, de reprendre courage,

Et d'être, devant Dieu, plus résigné, plus sage,
Lorsque je l'entendis, d'un accent irrité,
Me jeter tout à coup ce cri d'impiété :

II

« Oh ! laisse-moi, c'est trop ! Pour vivre de la sorte,
Non, non, je n'ai pas l'âme assez grande, assez forte !
La vie ! et pourquoi Dieu m'en a-t-il fait présent ?
Je me meurs accablé sous ce fardeau pesant.
Tu le vois, quand je touche à mes vingt ans à peine,
Je n'en puis déjà plus, je tombe sous ma chaîne.
La terre est à mes pieds sans fleurs et sans gazon ;
Le ciel n'offre à mes yeux qu'un sinistre horizon,
Et nulle part encor, dans sa vaste étendue,
Quelque astre protecteur ne m'a frappé la vue.
J'ai cherché, mais en vain ; jamais, jamais un jour
Je n'entendis parler de bonheur ni d'amour :
Et si je vais encor, sous les tentes du monde,
Me distraire un moment de ma douleur profonde,
Je ne heurte partout qu'hommes infortunés,
A se plaindre, à souffrir comme moi condamnés.
O des pauvres mortels amères destinées !
Sur un sol infécond traîner quelques années,
Abîmés sous le poids des chagrins, des douleurs,
Et ne manger qu'un pain détrempé de ses pleurs !

Pour alléger ses fers, on se tourmente, on sue,
Mais le souffle nous manque, et le travail nous tue.
Avant d'avoir joui d'un rayon de soleil,
Vient la mort... Donne-t-elle un plus heureux sommeil ?
Au delà du tombeau qui reçoit notre cendre,
Qu'en est-il, dis-le moi ! que pouvons-nous attendre ?
Comme la goutte d'eau dans le vaste Océan,
N'allons-nous pas nous perdre aux gouffres du néant ?
Ne me parle donc plus d'efforts et de courage ;
Ce sont là de vains mots qu'on se jette au passage :
Ce n'est pas avec eux que la douleur s'endort,
Et je n'ai, quant à moi, qu'à maudire le sort ! »

III

Haletant, épuisé, brisé par la souffrance,
Il se tut. Un instant je gardai le silence,
Puis, je lui pris la main, je la mis sur mon cœur,
Et je lui dis avec l'accent de la douleur :
« Quoi ! de ta bouche, ami, sort un pareil blasphème !
Tu peux douter de Dieu, de sa bonté suprême !
As-tu donc oublié ce qu'il a fait pour toi,
Et ce qu'il te promet si tu gardes ta foi ?
Avec quels soins constants, avec quelle tendresse,
N'a-t-il pas jusqu'ici veillé sur ta jeunesse ?
Tu souffres, je le sais, mais le Christ a souffert,

Et lui-même pour nous sur la croix s'est offert.
L'épreuve à certains jours paraît insupportable,
Oui, c'est vrai ; mais ici Dieu n'est pas le coupable :
Il ne nous a pas faits pour être malheureux.
Si nous avons parfois des jours si douloureux,
C'est que nous expions, sous sa juste colère,
Un crime contre lui commis par notre père,
Dont nous portons la tache en naissant, au berceau.
Hélas ! et chaque jour, par un crime nouveau,
Loin d'attirer sur nous sa pitié, sa clémence,
Nous ajoutons encore à notre dette immense.
Malgré tout, cependant ; Dieu reste toujours bon,
A celui qui le veut, il offre son pardon.
Nous sommes ses enfants, il se dit notre père ;
Il nous montre le ciel au delà de la terre,
Et nous promet, après des épreuves d'un jour,
Un bonheur éternel, un éternel amour :
Nous n'en pouvons douter, sa parole l'affirme,
Et tout le genre humain par sa foi le confirme.
Ami, que ce soit là ta force, ton soutien,
Pour supporter ta peine et souffrir en chrétien.
Que n'accepte-t-on pas quand on a l'espérance ?
Dieu met de la douceur jusque dans la souffrance.
Si nous voulions toujours le servir et l'aimer,
Tout nous serait facile et saurait nous charmer.
Ce n'est pas, crois-le bien, un rêve, une chimère.
Pour t'en convaincre, ami, souviens-toi de ta mère.

Songe à son doux sourire, à son calme, à sa paix.
Son âme tout à Dieu ne s'est plainte jamais.
Oh ! comme elle était pure, et comme elle était bonne !
Comme elle doit prier pour que Dieu te pardonne !
Entends-la qui te dit : « Ne désespère pas ;
» Mais compte encor sur Dieu, jette-toi dans ses bras !
» Reviens, reviens à lui ; donne-moi cette joie !
» Des plus saintes vertus, enfant, reprends la voie !
» Tu la suivais si bien quand j'étais près de toi ;
» Pour y rester toujours, pense toujours à moi !
» Pense à ce que j'ai fait dans tes jeunes années ;
» Pense aux preuves d'amour qu'alors je t'ai données.
» Toi-même tu m'as dit souvent que tu m'aimais,
» Que ton cœur ici-bas ne m'oublierait jamais,
» Et que, pour me revoir dans la vie éternelle,
» A toutes mes leçons tu resterais fidèle.
» Au Dieu que j'ai servi reviens donc sans retour,
» Si tu veux près de lui me retrouver un jour ! »
Maintenant, pauvre ami, je n'ai plus qu'à me taire :
Que pourrais-je ajouter à ce cri de ta mère ? »

IV

Il m'avait écouté, morne, silencieux,
Mais ému ; car je vis des larmes dans ses yeux.

« Oh ! merci, me dit-il, merci de ta parole !
Elle éclaire mon cœur, l'élève et le console.
J'ai retrouvé par toi ce que j'avais perdu,
L'espérance du ciel, l'amour de la vertu.
C'est Dieu même qui vient de parler par ta bouche,
Sa grâce en ce moment me pénètre et me touche.
Je suis honteux d'avoir méconnu sa bonté,
De l'avoir devant toi tout à l'heure insulté.
Je me rends à sa voix, à celle de ma mère ;
Pour leur plaire à tous deux, je suis prêt à tout faire.
Oui, je veux, sans me plaindre, accepter la douleur ;
C'est ainsi que je dois purifier mon cœur.
Rien n'excitera plus mes regrets, mon envie,
Je ferai, s'il le faut, l'offrande de ma vie.
Cher ami, sois heureux, ce que tu demandais,
Depuis un si long temps, t'est donné désormais :
C'est fait, je suis à Dieu, je crois en lui, je l'aime,
Et je deviens chrétien, comme tu l'es toi-même. »

V

Il devint, en effet, ce qu'il avait promis.
Aux leçons de la foi nul ne fut plus soumis.
De toutes les vertus, véritable modèle,
Jusqu'à sa dernière heure, il demeura fidèle ;
Et lorsque vint la mort, souriant de bonheur,
Je le vis s'endormir dans la paix du Seigneur.

LES LEÇONS DE LA MORT

O mors, bonum est judicium tuum.
O mort, ton jugement est bon.

I

Quoi! de nouvelles fleurs toujours parer vos têtes!
Toujours dans vos festins boire à des coupes d'or!
Quoi! ne vouloir jamais interrompre vos fêtes,
Laisser le temps voler dans son rapide essor,
Sans songer que demain, vos tombes, déjà prêtes,
Vous recevront glacés par le froid de la mort!

La mort!... ah! loin de nous rejetons sa pensée!
Nos fronts brillent encore de trop vives couleurs.
Laissez-nous d'une vie, à peine commencée,
Goûter, au moins un jour, les trop courtes douceurs.
D'assez d'ennuis déjà la joie est traversée,
A nos ris, à nos chants pourquoi mêler des pleurs?

Ainsi pour vous frapper la mort doit vous attendre ?
Avant d'appesantir sa froide main sur vous,
Il faut qu'à vos plaisirs vous cessiez de vous rendre,
Que la vie ait donné ce qu'elle a de plus doux !
Mais tout, sous vos regards, tout devrait vous apprendre
Qu'aveuglément toujours la mort porte ses coups.

II

Que de fleurs, au matin, par l'orage arrachées !
Que de lis effeuillés, de roses desséchées !
Que de soleils voilés même aux jours du printemps !
Que d'arbres renversés sous le souffle des vents !
Que de palais détruits par l'éclat du tonnerre !
Que de vaisseaux dans l'onde engloutis près du port !
Que de sceptres brisés par les coups de la guerre !
    Pâles images de la mort !

Cherchez ! est-il un coin si perdu de la terre,
    Où la mort ne se montre pas,
    Où cette moissonneuse austère
D'une trace de sang n'ait point marqué ses pas ?
Et vous croyez encore, aveugles que vous êtes,
Quelle attendra toujours, au gré de vos désirs,
Et ne viendra jamais, au milieu de vos fêtes
Briser entre vos mains la coupe du plaisir !

Non, elle frappe à toute heure,
Et rien ne l'arrête jamais,
Ni la plus modeste demeure,
Ni le plus opulent palais.

III

Et qui pourrait compter les victimes sans nombre
Que se fait la mort en un jour?
C'est au grand soleil, c'est dans l'ombre,
Au sein de la douleur comme aux bras de l'amour.

La cruelle qu'elle est ne reconnaît personne.
Regardez-la passer, pareille au vent d'automne,
Dont le souffle glacé, précurseur de l'hiver,
Soulève les débris des forêts désolées,
Les roule en tourbillons, dans le vague de l'air,
Et les rejette en tas dans le fond des vallées!

Ainsi j'ai vu tomber, partout sur son passage,
Le riche au sein de ses trésors,
Et l'impie écumant de rage,
Et l'orgueilleux dans ses transports.
Ainsi j'ai vu tomber l'enfant dans son berceau :
La mort le fit passer, ô destinée amère!
Des baisers brûlants de sa mère
A la froide nuit du tombeau.

IV

Et vous-mêmes, mondains, ne l'avez-vous pas vue?
Au milieu de vos rangs n'est-elle pas venue?
Où donc est cet ami, ce compagnon si fier,
Dont le front respirait la gaieté, la jeunesse,
Qui partageait vos jeux, vos rires, votre ivresse,
    Qui vous charmait encore hier?

Je cherche; hélas! hélas! la fleur est moissonnée!
D'un éclat immortel elle semblait ornée,
Et, comme toute chose, elle a subi le sort.
Hier, c'était la vie, aujourd'hui c'est la mort.
Hier c'était le faste, et c'était l'opulence,
Avec des cris de joie on fêtait sa présence ;
Aujourd'hui le palais, les amis sont en deuil;
    De toute sa magnificence
    Il ne lui reste qu'un cercueil.

Et son âme, ô mon Dieu, qu'est-elle devenue?
Goûte-t-elle là-haut un éternel bonheur?
Dans l'abîme éternel est-elle descendue?
    Vous seul, vous le savez, Seigneur!

V

Et maintenant allez, recommencez vos fêtes !
Et maintenant de fleurs parez encor vos têtes !
De tant de cris moqueurs justement irrité,
Dieu, qui sur vous toujours tient la mort suspendue,
Demain lui fera signe, et votre âme éperdue
Sera jetée ainsi dans son éternité !

XL

UNE DOUCE MORT

Moriatur anima mea morte justorum.
Que mon âme meure de la mort des justes.

Déjà l'ombre du soir s'étend dans la vallée ;
L'oiseau silencieux sur la branche s'endort ;
Mais du hameau voisin la cloche est ébranlée
    Et tinte le glas de la mort.

A travers le sentier qui coupe la colline,
Le prêtre est descendu depuis quelques instants,
Empressé, recueilli, portant sur sa poitrine
    Le Dieu qui soutient les mourants.

Il a franchi le seuil d'une pauvre chaumière.
Là s'éteint un vieillard, dont la famille en pleurs
Et les nombreux amis, à genoux, en prière,
    Entourent le lit de douleurs.

Le prêtre le bénit avec la sainte hostie,
Et, près de lui donner le sacrement divin,
Il lui fait entrevoir la céleste patrie
    Avec ses délices sans fin.

Le vieillard l'a compris, et de son Dieu lui-même,
Une dernière fois, il vient de se nourrir.
Rien ne le trouble plus à cette heure suprême,
    Et c'est en paix qu'il va mourir.

Mais voilà que son front tout à coup se colore,
Son regard se ranime et devient radieux ;
A ceux qu'il va quitter il veut parler encore,
    Il leur adresse ces adieux :

« Adieu d'abord à toi, ma compagne fidèle,
Que j'ai toujours aimée et qui m'aimas toujours,
Qui fus du dévouement le plus parfait modèle,
Qui me fis ici-bas passer de si beaux jours !

» Je te laisse aujourd'hui dans le deuil, la souffrance ;
Mais nous devons, un jour, nous retrouver au ciel
Pour ne plus nous quitter, c'est là notre espérance,
Et pour goûter ensemble un bonheur éternel.

» Jusqu'à cet heureux jour, sois forte, sois chrétienne!
Ne murmure jamais sous le poids des douleurs !

Constamment je prierai pour que Dieu te soutienne,
Pour qu'il daigne adoucir tes regrets et tes pleurs.

» Plein de ton souvenir, comme je vais t'attendre !
Car Dieu veut qu'en l'aimant, nous nous aimions là-haut,
Et que notre amour reste aussi pur, aussi tendre...
Ainsi, c'est au revoir, douce amie, à bientôt !

» Et vous, ô chers enfants, mon orgueil et ma joie,
Qui, répondant, toujours, aux désirs de mon cœur,
Ne vous êtes jamais écartés de la voie
Que dicte le devoir et qu'impose l'honneur ;

» Vous ne m'aurez plus là bientôt, sur cette terre,
Pour diriger vos pas, pour vous prêter secours ;
Mais je dois, près de Dieu, demeurer votre père,
Et je veux avec lui vous protéger toujours.

» Veillez sur votre mère, et de plus de tendresse,
Je vous en prie, enfants, couvrez-la désormais !
Rendez-lui moins amers ses chagrins, sa tristesse,
Qu'elle retrouve en vous l'amour dont je l'aimais !

» Restez religieux, et gardez la mémoire
Des exemples de foi que je vous ai donnés,
Afin qu'après la vie, à mes yeux, dans la gloire,
Vous puissiez par Dieu même être aussi couronnés !

» Et vous enfin, amis, qui dans ma dernière heure
Me témoignez encor tant d'amour, de bonté,
Qui priez Dieu pour moi, qui voulez que je meure
Soutenu par les vœux de votre piété ;

» Vous me faites goûter l'adorable parole,
Que l'amitié fidèle est pour nous un trésor,
Qu'elle embaume le cœur, l'élève et le console,
Qu'elle est, comme l'amour, plus forte que la mort.

» En m'éloignant de vous, en partant de ce monde,
J'en emporte avec moi le parfum le plus doux ;
Quel que soit le bonheur dont Dieu, là-haut m'inonde,
Mon âme, croyez-le, se souviendra de vous!..

» O femme, enfants, amis, voici l'instant suprême,
C'est fini, je le sens, et tous je vous bénis,
En demandant à Dieu de vous bénir lui-même,
Et qu'au ciel tous, un jour, nous soyons réunis!...

» Seigneur, je vais te voir, je le crois, je l'espère;
Je vais jouir en toi d'un repos éternel !
Sans le moindre regret, j'abandonne la terre,
Et je remets mon âme en ton sein paternel! »

. . . .

En achevant ces mots, doucement il expire;
On dirait qu'au sommeil il a fermé les yeux.

Sa bouche est entr'ouverte, elle semble sourire
    Comme l'on doit sourire aux cieux.

Chantez, célestes chœurs, sur la harpe sonore :
Un mortel voit la fin de sa captivité !
Chantez, il est élu ! pour lui brille l'aurore
    Du grand jour de l'éternité !

XLI

LA CROIX

In cruce salus.
Le salut est dans la croix.

O croix de mon Sauveur, croix sainte, croix bénie,
C'est sur toi que pour nous il a voulu souffrir,
Sur toi qu'il a passé trois heures d'agonie,
    Sur toi qu'il a voulu mourir !

Croix maudite autrefois, croix autrefois infâme,
On te porte aujourd'hui comme un signe d'honneur,
On te mêle aux bijoux dont se pare la femme,
    Moi, je te presse sur mon cœur.

A tes pieds, douce croix, que je trouve de charmes !
Les plus amers chagrins me deviennent légers,

Quand je puis, à genoux, te mouiller de mes larmes
    Et te couvrir de mes baisers.

C'est en toi que je puise et la force et la joie ;
Tu répands sur ma vie un vrai reflet du ciel,
Tu me montres le but, tu me mets dans la voie,
    Qui mène au repos éternel.

Sur ce bois adorable, ô Jésus, c'est vous-même,
Vous seul qui m'attirez et captivez mon cœur ;
C'est vous seul que je vois, et c'est vous seul que j'aime.
    Sur votre croix, ô mon Sauveur !

En quel état, hélas ! êtes-vous, ô mon maître ?
Sous ces membres meurtris, ce front ensanglanté,
Comment vous découvrir, et comment reconnaître
    Votre souveraine beauté ?

Votre amour seul ici m'explique le mystère ;
Il m'en révèle seul l'ineffable grandeur :
C'est pour me racheter auprès de votre Père
    Que vous souffrez ainsi, Seigneur !

A mes yeux, à mon cœur l'amour vous transfigure,
Quand vous faisiez sortir Lazare du tombeau,

Et quand vous commandiez en maître à la nature,
　　Seigneur, vous n'étiez pas plus beau !

Vous êtes sur la croix plein d'éclat, plein de vie :
Vous avez là des traits si puissants et si doux,
Je vous y vois si grand, que mon àme ravie
　　Ne peut se détacher de vous.

Vous le savez, Seigneur, vos blessures sacrées
Ont pour moi tant d'attraits, qu'à chaque heure du jour,
J'en voudrais approcher mes lèvres, altérées
　　Du sang divin de votre amour.

Montrez-les-moi, Seigneur, ainsi qu'à vos apôtres,
Et laissez-m'en comme eux sonder la profondeur ;
Mais montrez-moi d'abord, entre toutes les autres,
　　La blessure de votre cœur !

Quand vous m'avez aimé de cet amour extrême,
Quand vous avez voulu mourir pour me sauver,
Ah ! j'ai soif de vous dire aussi que je vous aime,
　　J'ai soif aussi de le prouver !

Pour vous, pour votre amour, j'accepte la souffrance.
Demandez-moi, Seigneur, et demandez encor !
S'il le fallait jamais, j'en ai bien l'espérance,
　　J'irais pour vous jusqu'à la mort !

. . . .

O croix pleine d'amour et pleine de lumière,
Je te prends, et jamais tu ne me quitteras ;
Tu seras sur mon cœur, à mon heure dernière,
Je veux mourir entre tes bras !

FIN

TABLE

FIN DE LA TABLE

PARIS. — IMPRIMERIE ÉMILE MARTINET, RUE MIGNON, 2.

www.ingramcontent.com/pod-product-compliance
Lightning Source LLC
Chambersburg PA
CBHW070900030726
47504CB00005B/1405